Старые годы в селе Плодомасове
Old Years in Plodomasovo
Николай Лесков
Nikolai Leskov

Old Years in Plodomasovo
Copyright © JiaHu Books 2017
First Published in Great Britain in 2017 by JiaHu Books – part of
Richardson-Prachai Solutions Ltd, 434 Whaddon Way, MK3 7LB
ISBN: 978-1-78435-226-4
Visit us at: jiahubooks.co.uk

Очерк первый
Боярин Никита Юрьевич

Глава первая
Бранка

Основание села Плодомасова покрыто мраком неизвестности, а название свое оно получило по имени бояр Плодомасовых, которые владели этим селом издревле и для которых господствующая надо всею окрестностью плодомасовская барская усадьба была гнездом, колыбелью и питомником.

Род дворян Плодомасовых – род очень старый. Имена Плодоадасовых встречаются в росписях служилых людей Ивана III и Ивана Грозного, при котором двое из Плодомасовых покончили свою служебную карьеру: один на колу, а другой на плахе.

Затем этот опальный, всеми позабытый дворянский род до царствования Петра Первого широко жил в своем родном гнезде – в селе Плодомасове. Это большое старое село лежало среди дремучих лесов, на берегу быстрого притока Волги – многоводной реки Турицы, в местности свежей, здоровой, богатой и лесами, и лугами, и водами, и всем тем, что восхитило очи творца, воззревшего на свое творение, и исторгло у него в похвалу себе: «это добро зело», – это прекрасно. Но, живучи во всем этом довольстве и прохладе, род Плодомасовых не размножился, и в эпоху царствования первого императора представителем всего рода бояр Плодомасовых оказался только один, холостой и безродный боярчук Никита Юрьич. Никита Юрьич с тех пор, с которых он был в состоянии себя помнить, помнил себя круглым сиротою и возрастал на руках мам и пестунов во всем барском своеволии тогдашнего времени – своеволии, которому, однако, уже полагался конец строгою рукою царствовавшего преобразователя. Никите Плодомасову было суждено быть свидетелем начала забастовки этих боярских самовольств и самому подпасть под одно из колес, на которых царь двигал в новую жизнь нерушимую збстарь России. В 1715 году приехали в село Плодомасово, в большой красной сафьянной кибитке, какие-то комиссары и, не принимая никаких пόсул и подарков, взяли с собой в эту кибитку восемнадцатилетнего плодомасовского боярчука и увезли его далеко, к самому царю, в Питер; а царь послал его с другими молодыми людьми в чужие края, где Никита Плодомасов не столько учился, сколько мучился, и наконец, по возвращении в отечество, в 1720 году, пользуясь недосугами государя, откупился у его жадных вельмож на свободу и удрал опять в свое Плодомасово.

Здесь Никита Плодомасов повел себя так, как теперь ведут себя молодые турки, возвращающиеся домой из парижской французской коллегии: он старался вознаградить себя за все стеснения, претерпенные им в течение пяти лет от цивилизации и подневольной жизни. Он сел феодалом в своем старом, как каравай расплывшемся доме, реставрировал опять старые отцовские и дедовские порядки: завел соколиные и псовые охоты с крепостными псарями, сокольничными, стремянными и доезжачими, которые все вместе составляли одну разбойничью ватагу, не знавшую ни стыда, ни совести, ни удержа и не уважавшую никакого закона, кроме прихоти своего полудикого владыки.

С этой сволочью вновь возвратившийся цивилизованный боярин совершал похождения, невероятные до сказочности. Потравы и вытаптыванье соседних полей; произвольный сбор дани с купцов, проезжавших через мосты, устроенные в его владениях; ограбление ярмарочных обозов; умыканье и растление девиц – все это были только невинные шутки, которыми потешался боярин. Инстинкты его достигали размеров гораздо страшнейших: он ездил с своими охотниками как настоящий разбойничий атаман; брал ради потехи гумна и села; ходил в атаку на маленькие беззащитные города, брал в плен капитан-исправников и брил попов и дьяков. Но был положен предел и дебоширствам Плодомасова, и притом положен был этот предел самым неожиданным образом.

Кочуя с своею опричниною по далеким селам и поселкам, Никита Плодомасов осенью в 1748 году заехал случайно в село Закромы. Это удаленное от Плодомасовки село Закромы было даже не село, а просто деревушка дворов в двадцать. Она отстояла от имения Плодомасова с лишком на двести верст, и по причине этой отдаленности до сих пор скрывалась и от плодомасовского внимания и от его нападений; а принадлежали Закромы отставному петровскому потешному Андрею Байцурову.

Здесь, в скромном домике закромского помещика, Никита Плодомасов увидел пятнадцатилетнюю дочь Байцурова Марфу Андревну и, имея в то время уже пятьдесят один год от роду, страстно влюбился в этого ребенка и на второй же день своего посещения сделал ее родителям декларацию.

Об отказе или хотя бы о малейшей нерешительности в ответе со стороны этих бедных дворян Плодомасов и не помышлял. Было бы несправедливо сказать, что, по его мнению, он делал мелким сошкам Байцуровым слишком большую честь своим предложением: он – гораздо проще – вовсе и не думал о том, как могут быть приняты его желания. Он знал только одно, что желания его должны быть исполнены, и потому даже вовсе и не чинился в заявлении своих требований.

– Мне одинокая жизнь с подлыми женщинами уже наконец того и прискучила, – сказал он старикам Байцуровым, – и я в намерении себя от нее воздержать с вашею дочерью, которая мне видом и нравом весьма понравилась. Благословите ее мне, прошу?

Слова эти Плодомасов сказал Байцуровым в первый же день своего посещения, за ужином, за которым дочь их, о которой шло дело, не присутствовала.

Сколь было бесцеремонно это предложение, столь же бесцеремонен был и последовавший на него ответ.

Мать Байцуровой наотрез отказала Плодомасову. Плодомасов был столь удивлен этим отказом, что даже не нашелся как и рассердиться, а только сказал:

– Это почему?

– А потому, честной боярин, что, во-первых, ты для нас, мелких сошек, не пара; а во-вторых, ты моего мужа, а ее отца на пару лет будешь старше; а в-третьих, скажу тебе, что на место твоих подлых женщин, на те же пуховики, я свою дочь класть не намерена и чести девству ее в твоей любови нисколько не вижу.

– Я пух пущу по ветру и наволочки сожгу, – отвечал, понемногу входя в гнев, Плодомасов.

– Хоша и пух ветром пустишь, а где шелудивый конь валялся, там не след чистой неге наступать: лишай сядет. Извини, дорогой гость, и не прими за остуду, а от нашей крови тебе жены не будет, – заключила ему с поклоном, вставши из-за стола, Байцурова.

Этого Никита Юрьич снести не мог. «Будет! – вскричал он, – будет!» – и через десять минут после высказанного ему отказа боярышня Байцурова, спеленутая, как ребенок, плодомасовскими людьми в охотничьи охобни и бурки, была увязана в тороки у самого крыльца родительского дома, а через другие десять минут она, в центре предводительствуемого Плодомасовым отряда, неслась во всю скачь в сторону незнакомую, неведомую и во всяком случае страшную.

Глава вторая
Погоня

Дворян Байцуровых и всю их дворовую прислугу на другой день крестьяне нашли крепко связанных чембурами и сворами и томившихся в самом печальном положении.

О погоне нечего было и думать. Положение Руслана, стремившегося отнять похищенную у него Людмилу, было не затруднительнее положения, в котором нашли себя развязанные крестьянами Байцуровы.

Старики Байцуровы приняли на свои несчастные груди эту семейную катастрофу неодинаково. И тяжкие обиды и жгучие слезы, стоны и разрывающая сердце скорбь по нежно любимой единственной дочери, которая теперь, в ее юном возрасте, как голубка бьется в развращенных объятиях алчного ворона, все это звало старика Байцурова к мщению; но у него, как у бедного дворянина, не было ни вьюгоподобных коней, ни всадников, способных стать грудь против груди с плодомасовскою ордою, ни блестящих бердышей и самопалов, какие мотались у тех за каждыми тороками, и, наконец, – у тех впереди было четырнадцать часов времени, четырнадцать часов, в течение которых добрые кони Плодомасова могли занести сокровище бедной четы, их нежную, их умную дочку, более чем за половину расстояния, отделяющего Закромы от Плодомасовки. Конечно, все худые закромские людишки, сбежавшиеся в хоромы по случаю боярского несчастия, были теперь в сборе; конечно, не за горами были стоявшие по дворам и задворкам и байцуровские понурые лошадки: Байцуров мог собрать и свою кавалерию и лететь с нею на выручку похищенного дитяти своего. Это даже и было первою мыслью старика, когда собравшиеся люди отпустили узлы связывавших его веревок; но куда же годны его пахотные лошаденки для погони за охотничьими аргамаками Плодомасова, на которых теперь мчат его дочь? Куда годны его смирные людишки для того, чтобы сражаться с буйною опричниной Плодомасова, которая будет стоять за барскую наложницу – за нее, за его маленькую дочку, что станет наложницей Плодомасова прежде, чем отец ее успеет проехать половину пути, отделяющего его деревушку от развратного гнезда похитителя? Страдания Байцурова, как себе можно представить, были ужасны: его дитя представлялось ему отсюда беззащитной в самой леденящей кровь обстановке: она трепеталась перед ним в тороках на крупе коня, простирая свои слабые ручонки к нему, к отцу своему, в котором ее детская головка видела всегда идеал всякой справедливости и мощи; он слышал ее стоны, подхватываемые и раздираемые в клочки буйным осенним ветром; он видел ее брошенную в позорную постель, и возле ее бледного, заплаканного личика сверкали в глаза старику седые, щетинистые брови багрового Плодомасова.

Под натиском этих ужасных представлений, ожесточавшихся от угнетающего сознания своего бессилия защитить дочь или отмстить за нее, петровский ветеран упал на пол и, лежа лицом на земле, обливал затоптанные крестьянскими лаптями доски своими обильными слезами. Несравненно более геройства, силы и находчивости в эти ужасные минуты явила его жена, Пелагея Дмитриевна Байцурова. Схоронив на дне души всю безмерную материнскую скорбь свою, она, минуты не теряя, велела заложить кибитку, одела мужа в его давно без употребления хранившуюся в кладовой полковую либерию, посадила его в повозку и отправила в город, где была высшая местная власть. Байцуроса отправила туда мужа для принесения той власти жалобы и требования у нее защиты. Но, посылая туда мужа, Байцурова, очевидно, не много рассчитывала на горячее участие и защиту со стороны этой власти и имела, конечно, для этого уважительные основания. Несмотря на всю строгость царствовавшего государя, в местах, удаленных от его недреманного ока, в оны времена, как и в дни гораздо позднейшие, на Руси во всю ширь царил безграничный русский произвол, мироволье и бессудство. Байцуроза это знала и, послав мужа в город, приняла и другие меры. Не успела скрыться за околицей кибитка ее мужа, как у ветхого крыльца домика стояла уже другая, запряженная парою кибитчонка, – в эту усаживалась сама госпожа с дородною мамою похищенной боярышни, пленною туркинею Вассой.

Кибитчонка, в которой отправлялись в путь эти женщины, выехав из околицы, взяла совсем в противоположную сторону от направления, принятого кибиткою Байцурова, и, колыхаясь по колеям топкой осенней грязи, потянула к селу Плодомасову.

Глава третья
Девичий след

В осеннюю ростепель, при которой случилось похищение боярышни Байцуровой и при которой выехали в разные стороны отец и мать молодой пленницы, путь на тонущих по ступицу повозках совершался крайне медленно. Старику Байцурову по крайней мере нужно было трое суток, чтобы доехать до города, а жене его с сопровождавшей ее мамкой-туркиней столько же, чтобы добраться до Плодомасовки.

Между тем в селе Плодомасовке, перед вечером того самого дня, в который из Закромов выехала оборонительная миссия, с вышек господского дома праздными холопами, ключником и дворецким на взгорье черных полей был усмотрен конный отряд их владыки.

В расположении этого отряда опытными и наблюдательными крепостными очами замечено было нечто странное. Буланый аргамак самого боярина, обыкновенно красовавшийся всегда впереди всех коней, нынче уступил свое место другим рядовым коням и шел сзади. Издали с плодомасовских вышек чуть видна была только одна сухая голова аргамака с блиставшим на ней серебряным налобником; его белая звезда из змеиных головок, обыкновенно издалека сверкавшая на перекрестке напоперстных ремней седла, была нынче закрыта выступавшею впереди боярина конною толпою. Не видно было и чеканенных пряжек на опушенном черным соболем малиновом бешмете боярина, потому что боярин лежал своей грудью на шее коня и глядел на что-то такое, что бережно везли перед ним его верные слуги.

Впереди приближавшейся группы ехали четыре всадника: два впереди и два сзади. Они ехали на таком друг от друга расстоянии, что двое едущие рядом могли без затруднения подать один другому руки, а головы двух задних лошадей совсем почти ложились на крупы передних.

Все эти четыре всадника бережно везли нечто такое, чего никак не могла издали рассмотреть и определить плодомасовская дворня, готовая во сретенье своего приближавшегося повелителя.

Но вот отряд подходит все ближе и ближе; наблюдающие его приближение домашние люди уже узнают в лицо каждого из четырех всадников, везущих впереди отряда странную ношу; видно, наконец, и грозно нахмуренное лицо самого боярина. Он понуро и мрачно глядит из-под надавленных тяжелою аксамитною шапкою бровей на эту бережно охраняемую ношу. Что бы это было такое? раненый тур, сохатый лось или гнездо робких серн, которых ретивым псарям боярина удалось взять живыми и которых живыми вздумалось и довезти домой боярской прихоти? Но зачем же в подходящем отряде эта нерушимая тишина, столь несвойственная возвращению Плодомасова с отъезжих полей? Зачем не слышно ни бубнов, ни песен; зачем не прыгают на сворах нетерпеливые псы; зачем не обскакивают отряд избранные гарцуны и не несется вихрем доезжачий Шибай возвещать дворецкому: какие яства и питья должны ждать на столе приближающегося владыку и кто именно, какая пара крепостных одалиск должна быть прислана с сеней держать сегодня кисти штофного одеяла повелителя?

Такого беспорядка еще никогда не было, и дворецкий, и орда холопей, и весь сонм покорных наложниц, безразличных в своих чувствах к господину и равнодушно ожидающих, чьи тайные красы мелькнут в его воображении и обозначат его сегодняшнюю прихоть, – все это недоумевает, наблюдая тихое возвращение Плодомасова. Недоумению этому нет меры, нет пределов и, кажется, не будет конца, потому что чем ближе подъезжают боярин и его сподвижники, чем более возможностей является рассмотреть их, – тем пуще сбиваются и путаются зарождающиеся соображения и выше и выше растет колоссальное недоумение!

Глава четвертая
С вечера девушка

Но вот кому-то удалось рассмотреть, что четыре всадника, едущие впереди отряда, держат под укрюками седельных арчаков углы большого пестрого персидского ковра. Это тот самый ковер, назначением которого было покрывать в отъезжем поле большой боярский шатер. Теперь на этом ковре, подвешенном как люлька между четырьмя седлами, лежит что-то маленькое, обложенное белыми пуховыми подушками и укутанное ярко цветным шелковым архалуком боярина.

Яркие покровы, в которые закутана загадочная фигурка, были омочены падавшим целый день дождем и позволяли ясно определить, что под ними сокрыт не раненый богатырь, а не более как четырнадцати– или пятнадцатилетний ребенок.

Когда охотничий караван подошел к самому дому, все увидели, что на остановившем общее внимание ковре была привезена девушка.

Молодая, с мокрыми черными кудрями головка пленницы была открыта и утопала в смокшейся подушке; уста девицы были полуоткрыты; зубы крепко стиснуты, а веки глаз сомкнуты. Она казалась спящею; но в самом деле она была в долгом, непробудном обмороке. Такою-то была привезена своими похитителями в село Плодомасово закромская боярышня Марфа Андревна Байцурова.

Потеряв сознание в минуту своего неожиданного похищения из родительского дома, она не выходила из обморока во все время, пока конный отряд Плодомасова несся, изрывая железом копыт черную грязь непроезжих полей; она не пришла в себя во время короткой передышки, данной коням после сорокаверстной перескачки, и в этом видимом образе смерти достигла гнезда плодомасовского боярина. В этот дом ее привели роковые судьбы. Это все увидели сразу, когда незваной пришелице улыбнулся сам сумрачный, неприветливый день осенний. Чуть только стали у боярского крыльца дрожащие с устали ноги принесших ее коней, сквозь грязно-серые облака золотыми стрелами упал пук вечернего солнца и, как бы благословив прибытие боярышни, снова закрылся.

Это было сочтено предзнаменованием, и в этом найдено было много чудного и сверхъестественного. Серый день улыбнулся над домом беспутства и оргий, и спящая пленница входила в этот дом сонной царевной, которые, по народному поверью, всегда так беспятненно чисты и без сравнения прекрасны. На том же богатом ковре, на котором боярышня совершала свое путешествие, ее в торжественном безмолвии внесли в плодомасовский дом; положили на чистое ложе, поставленное среди просторного светлого покоя, и окружили это ложе спящей красавицы целым роем прислужниц, получивших строгий наказ беречь ее пробуждение и предупреждать ее желания.

С женщинами, окружавшими девственное ложе сонной боярышни, происходило нечто подобное тому, что, по апокрифическим сказаниям, происходило с языческими идолами при восходе звезды, возвестившей рождение Христа. Вое эти крепостные юницы почувствовали, что век их кончен, но в сердцах их не было ни зависти, ни злости к этой пришелице. Они только чувствовали, что народился некий болий их, с которым им уже нельзя и думать ни спорить, ни состязаться.

Они стояли и безмолвно ожидали, когда настанет час им быть убранным из этого смрадного капища, ожидающего каждения очищающих курений.

Сам Плодомасов, уложив боярышню, не оставался в ее комнате ни минуты. Выйдя из этой комнаты, он также не предался и оргиям, обыкновенно сопровождавшим его возвращение домой. Он одиноко сидел в своей опочивальне и нетерпеливо ждал пошептуху, за которою посланы были быстрые гонцы в далекое село. Эта чародейка должна была силою своих чар прекратить долгий, смерти подобный сон привезенной боярышни.

Но дело обошлось без шептухи. Прежде чем она успела явиться в хоромы призывавшего ее боярина, сенные девушки и вновь наряженные мамы, обстоявшие ложе спящей боярышни, стали замечать, что долгий сон боярышни начинает проходить.

О полуночи к сумрачному боярину была послана первая весточка, что по лицу у боярышни расстилается алый цвет, а по груди рассыпается белый пух и из косточки в косточку нежный мозжечок идет. Плодомасов встал, бросил вестнице на пол горсть серебряных денег и велел стеречь пленницу недреманным оком, пуще любимого глаза.

Перед ранней зарей пришла и вторая и третья весть, что боярышня открыла свои звездные очи рассыпчатые и, от тяжкого сна пробудившись, спросила: где она, у каких людей? и желает знать о своем отце с матерью. Плодомасов воспрянул; он ничего не велел отвечать боярышне и не пошел и сам в опочивальню красавицы.

Неведомый ему доселе страх удерживал его от святотатственного приближения к деве, взращенной и взлелеянной не под крышами его крепостной дворни. Он боялся, что одно появление его перед нею убьет ее, и отлагал миг этого появления. Он не пошел приветствовать свою пробудившуюся «бранку». Все время, пока сенные девушки и вновь наряженные мамы любовались девственною красотою боярышни Байцуровой и смотрели, как под ее тонкой кожею из косточки в косточку мозжечок переливается, боярин их весь день до вечера испытывал незнакомые ему муки. Ему хотелось от своей пленницы чего-то совсем не того, что он прямо брал от своих крепостных одалиск. Он видел в ней некоторое новое, незнакомое ему доселе счастие и боялся погубить это счастие: он боялся ее сопротивления, боялся своего гнева, который, восстав, не пощадит и ее. Он де пощадит ее, он изольет на нее свой гнев и бросит ее в подачку последнему псарю своему... А тогда?.. Тогда... тогда он запорет псаря, но... ее не воротит.

Нет он сам хотел глядеться в ее звездчатом взоре, орошенном слезами! Дело должно было идти о том, как сделать все это, чтобы взор ее обратился к нему? Время? ласки? выжидания? А если тем временем погоня? О, погоня! тогда, если только будет погоня... тогда Плодомасов решил, что ему делать! Тогда... он не пощадит никого – ни ее, ни себя; но ее уж не возьмут из его дома такою, какою она внесена в него.

Бог знает, сколько бы еще продолжались эти колебания Плодомасова и какой бы он нашел из них выход, если бы случайное обстоятельство не подвинуло его к разрешению всего этого хотя и в духе его обычных правил, но совершенно иначе, чем предполагал он.

Глава пятая
Бесноватому коню конопляное удило

В сумерки этого же самого дня, прежде чем старик Байцуров успел проехать половину своего пути к городу и жена его в сопровождении мамы-туркини такую же часть своей дороги к селу Плодомасова, в плодомасовские области прибыл земский пристав.

Пристав этот был некоторым образом свой человек в плодомасовском доме: за него когда-то была выдана замуж одна из наиболее любимых крепостных фавориток боярина, которую Плодомасов хотел осчастливить этим благородным браком и с которою от времени до времени, наезжая в город, он, не стесняясь ее замужним положением, видался на прежних правах. Приезжая в плодомасовский дом, муж отставной боярской барыни служил боярину шутом и посмешищем: стоя на голове, он выпивал стопы вина и меду; ходил на кругах колесом; разбивал затылком орехи и плясал на столе казачка перед всей барской дворней.

В силу таких обстоятельств пристав считался в числе приближенных людей Плодомасова. Боярин не забывал семьи подьячего своими милостями; снабжал закромы его амбаришек зерном, наптлы – огородиной, а задворок живностью; крестил у его жены своих собственных детей и допускал его самого за подаянием пред свое лицезрение.

Зная такие отношения приезжего подьячего к боярину, холопство не замедлило доложить о нем Плодомасову и истолковать вырвавшееся при этом у боярина легкое рычание за знак согласия к тому, чтобы пристав был допущен.

Пристав был введен и поставлен пред барские очи.

– Чего тебе? – спросил, окинув гневным оком его фигуру, Плодомасов.

Выгинаясь, кланяясь и вытягиваясь, как придавленная палкой змея, подьячий подползал к боярину, не смея взвести голоса и поднять на него своих заплывших глаз.

– Чего тебе нужно? – воскликнул боярин мягче, глядя на это бестолковое выгибанье подьячего.

Подьячий продолжал ползти и снова не подавал ни гласа, ни послушания.

Сколь ни привык Плодомасов к рабскому пресмыкательству перед собою, но такое долгое и робкое ползанье уже и ему не нравилось: он чувствовал, что так долго безмолвствует человек тогда, когда ему страшно разомкнуть уста свои. Плодомасову вдруг вступило на мысль, что пресмыкающийся перед ним земский является к нему чьим-то послом с недобрыми вестями, и густые серо-бурые брови насупились и задвигались, сходясь одна с другою, как сходятся два сердитые и готовые броситься один на другого медведи.

– Говори, пес! – вскрикнул боярин.

Подьячий, вместо ответа, совсем лег на землю к ногам Плодомасова и, лежа ниц лицом, поднял к нему в руке сложенный лист бумаги.

Плодомасов – всегдашний враг бумаги, всего менее склонен был встречаться с нею сегодня. В этот день он и без того сумел уже на многое пересердиться, да и притом день этот по ощущениям, принесенным с собою боярину Плодомасову, в самом деле, совсем не похож на все прежние дни его жизни. Теперь ли ему насильно отрывать себя от этих ощущений к бумаге! Но бумага эта тянется к нему с неотступною назойливостью. Несмотря на то, что он отталкивал ее и рукою и желтым каблуком узорного сапога, – она опять и тянется и трепещет. Плодомасов увидел, что ему от этой бумаги не отвязаться: он выдернул ее из рук раболепного пристава, нетерпеливо развернул, прочитал и остолбенел.

Бумага эта, в глазах Плодомасова, превосходила своею дерзостию все, что возможно на свете. В ней говорилось, что дошло до ведома самой императрицы, что помещик Никита Юрьев Плодомасов, живучи в своей отчине, селе Плодомасове, предается столь великим своеволиям и бесчинствам, что по собственному ее, императрицы, приказанию поручается губернатору дело это строго дознать, и буде вести, до слуха государыни дошедшие, окажутся справедливыми, то того Плодомасова, ни мало не медля, заарестовать и из имения его выслать, воспретив ему навсегда в отчинах своих всякое проживание.

Исполнение этого строгого и грозного императорского указа, невзирая на все самодержавство Елизаветы Петровны, было начато, как мы видим, покорным преподнесением этого самого указа самому виноватому Плодомасову на его милостивое воззрение и обсуждение.

Боярин Плодомасоз прочитал указ и воспрянул, как зверь. Вместо испуга и благопокорности воле монаршей, чего почти несомненно ожидал распростертый на полу подьячий, Плодомасов восстал во всей бездне дерзости своего безумия. Послав тысячи неистовейших проклятий, он свистнул людей и велел быть всем пред его лицо в сборе и наготове. К чему быть наготове? – про то едва ли знал и сам Плодомасов; но это было для него безразлично, потому что он в эти минуты был готов буквально на все грубое, дерзкое, на все гадкое для издевательства над явленным ему указом, призывавшим его к покорности и порядку. Он жаждал теперь только одного: оказать самое резкое сопротивление этому призыву.

Безразлично было, к чему именно готовиться и для буйной боярской опричнины, которая и сама любила барский разгул, да и не приучена была ни к каким рассуждениям. Людям этим было все равно: куда ни идти, где ни разбойничать, над кем ни издеваться. Они сызмальства отвыкли от всего доброго: они сами установили между собою обычай отрекаться отца и матери и бестрепетно могли видеть и поруганье отцовских седин, и издевательства над слезами матери, и бесчестие родных сестер. Любили ли или не любили они своего буйного боярина – это все равно, потому что они любили буйную жизнь, все возможности к которой открывались для них в раболепном служении буйной воле Плодомасова. Взрослые в его школе, в селе, удаленном не только от столиц, но и от всякого средоточия власти, они имели понятие о законной власти только чрез таких представителей этой власти, как ходивший перед ними колесом на кругах пристав, и потому, весьма естественно, не могли чувствовать ни малейшего авторитета этой власти.

Дело, цель для разрешения диких стремлений боярина указал стоявший перед ним коленопреклоненный подьячий.

– Отец! отец! – заголосил он боярину по выслушании его гневного приказа о сборе людей. – Не вели ты этого; не вели седлать коней и взнуздывать; вели холопам твоим с свайкой да с лыком сесть по конникам да смирные лапти плесть, а то гордотой пущий гнев на себя оборотишь.

Плодомасов вскипел; схватил лежащий на столе указ, быстро разорвал эту бумагу на мелкие кусочки, бросил их на пол и, наступив на них ногою, проговорил:

– Вот я куда ее указы кладу! Она не правого ложа.

Подьячий упал на локоть на пол и в ужасе выпятился крюком, точно в несутерпной судорге.

– Умилосердись! не слышу! ничего не слышу! – вопил коленопреклоненный представитель власти, то закрывая руками уши, то молитвенно простирая эти руки к полам пестрого архалука бушующего боярина. – Выслушай, милостивец, – я еще не все сказал тебе. На тебя и еще невзгода идет, – от дел твоих. Встретил я Байцурова, едет на тебя с жалобой, что ты у него его дочку отъемом увез. Отпусти ее, боярин, – если она уж и неправильная, отпусти, – свои люди не доказчики, только скорее ее из дома вон, а то не сейчас, то на утрие, гляди, беды за нее вытерпишь.

Этого было довольно Плодомасову. Кто? мелкая сошка Байцуров, не принявший чести, которая была ему сделана предложением брака его дочери, приносит на него жалобу, и по этой жалобе могут с него, Плодомасова, что-нибудь взыскивать? Нет, этого уж нельзя снесть Плодомасову!

«Он не хотел, чтобы она была моей женою, – промелькнуло в уме Плодомасова, – так я же ее в другой чин сделаю. Чем, да и вправду, она лучше моих девок, что я так смотрю на нее? Когда уж и этот подьячий не сомневается, что она, побывши в моем доме, теперь неправильная, а я отпущу ее так! а я дам посмеяться надо мною!»

В душе Плодомасова произошел совершенный поворот; тех нежных и застенчивых чувств, которыми она недавно была полна к юной пленнице, теперь в ней не оставалось и слабого следа.

– Быть с нею всему тому, что и допреж ее было со всеми непокорными, – решил боярин. – Будет она моею, и не забуду я моею подачкою и верных слуг моих: останется и Ваське, и Тараске, и всей челяди. Иди за мной и смотри, что я с ней за эти слова твои сделаю! – рявкнул боярин приставу и потащил его, еле дышащего, вслед за собою в верхний этаж, где в той же опочивальне молодая боярышня, кругленькая и белая как свежая репочка, седела посреди широкой постели и плакала, трогая горем своим и старых мам и нянь и стоящих вокруг нее молодых сенных девушек.

Боярин тек как тяжелая грозовая туча, подхваченная неукротимой бурей. Подойдя к дверям опочивальни своей пленницы, он не коснулся рукою замочной меди и не крикнул, чтобы дверь была отперта ему изнутри, но прямо сшиб ее с петель одним ударом сапога и предстал изумленным взорам боярышни и ее свиты.

Глава шестая
К полуночи молодушка

Когда случилось внезапное появление Плодомасова у дверей молодой бранки Байцуровой, на дворе, по причине короткого осеннего дня, стояла уже густая, непроницаемая тьма; моросил мелкий, частый дождик, и тихий, но упругий ветер уныло выл и шумел за выходящими в сад окнами боярышниной опочивальни.

Боярышня, как сказано, сидела и плакала, плакали и все ее окружающие. У всех на лице было одно ее горе, и появления Плодомасова сюда в эту минуту не ожидал никто, а сама боярышня всех менее. В тоске об отце и о матери, которых нежно любила, она вовсе не имела и времени размышлять ни о своей судьбе, ни о своем похитителе. Она вовсе не думала о нем и решительно окаменела при его появлении. Увидев перед собою Плодомасова, боярышня Марфинька даже не потянула одеяла, чтобы закрыть свои плечи, сверкнувшие перед распаленными гневом глазами боярина.

– Ну, дорогая боярышня, как спала-почивала и что во сне видела? – спросил ее Плодомасов, садясь насупротив постели на тяжелое кресло, за которым, раболепно притаясь, стал земский пристав.

– Спала, боярин, в твоем терему сладко, и за тот сон тебя благодарствую; а видела во сне моего отца с матерью, и надеюсь, что ты меня не задержишь неволей и отпустишь к ним, – смело отвечала боярышня.

– Ну, уж на это, соколка моя, лучше не надейся. Не на то ты увезена, чтобы тебе опять под отцовский потолок идти.

Девушка посмотрела в глаза боярину своими детскими глазами и спросила:

– На что же я, боярин, увезена?

– На что?

Плодомасова неожиданно смутил этот наивный вопрос. Он хотел ответить ей что-то немилосердное и бесстыдное, но, глядя в ее детское личико, застыдился этого своего намерения.

А в эту минуту девушка тихо скользнула с постели и, перебежав босыми ногами расстояние, отделявшее кресло боярина от ее кровати, со слезами бросилась в ноги Плодомасову и, рыдая, проговорила:

– Боярин! умилосердись надо мной! Немилостивых ад ждет! Отпусти меня к батюшке с матушкой, – я в монастырь пойду и стану за тебя богу молить.

Плодомасов решительно не знал, как ему приступить к приведению в исполнение своих угроз. Он мялся и пыхтел, глядя в плачущие очи ребенка, и не отнимал у девушки своих больших красных рук, которые та в отчаянии сжимала в своих ручонках.

– Я, – заговорил, он наконец, – хотел было тебя сделать своей честною женою...

– Нет! нет! – отвечала, быстро вспрыгнув и отскочив от него к своей кровати, боярышня. – Нет, я не хочу быть твоею женою: ты отпусти меня к батюшке.

– Стой! – гневливо остановил ее Плодомасов.

– Люди добрые, заступитесь за меня! – отчаянно вскрикнула боярышня, кидаясь в толпу сердобольных нянь, мам и сенных девушек, так недавно ливших о ней горячие слезы и оказывавших ей столько искреннего участия.

Но теперь боярышня не узнала ни одного лица в этой толпе: так изменило их присутствие боярина.

Няни, мамы и сенные девушки расступились, как только боярышня вскочила в среду их, и снова скучились сзади ее, оставляя пленницу впереди себя, лицом к лицу с Никитою Плодомасовым.

Боярышня, выданная таким маневром головою, оглянулась на робкую челядь и в одно мгновение словно переродилась.

– Дай мне, раба, мой шугаик! – произнесла она твердым и решительным голосом, заметив свое непозволительное дезабилье.

Десятки рук в мгновение ока поспешили исполнить ее требование.

Плодомасов ничему этому не прекословил.

Боярышня теперь стояла перед ним совсем одетая, во всем том наряде, в котором она пленила его в своем родительском доме. Слезы, недавно обильно лившиеся по ее лицу, теперь высохли, и грустные, сухие глаза ее смотрели с выражением того бестрепетного спокойствия, вид которого так напереносен самоуправцам, потому что он в одно и то же время и смущает и бесит их.

– Так знаешь ли ты, умная боярышня, что я с тобою сделаю? – вскричал Плодомасов.

– А что бы ты со мною ни сделал, на всем том, пока я в твоих руках, твоя воля; но женою твоей я быть не хочу.

– Что? – вскричал, побагровев, Плодомасов.

– Гнева твоего не пугаюся, – отвечала боярышня. – Что ты больше гневлив и страшен, то мне радостней: убить велишь – всего лучше будет.

– Так не женой и не боярышней, а вот такою ж, как эти, ты будешь! – вскричал Плодомасов, указав рукою на своих сенных девушек, и неистово захлопал в ладоши.

На этот призыв, как сказочный лист перед травою, предстал перед Плодомасовым старый дворецкий и, водя в ужасе вокруг глазами, произносил одно ни к чему, по-видимому, не идущее слово: «драгуны!»

– Что за драгуны? где эти драгуны?

– Здесь, боярин, драгуны, – отвечал старик, указывая на дверь, которая в это время отворилась, и в комнату, бренча своей сбруей, вошел тяжелой поступью драгун в невиданной здесь никем до сих пор тяжелой, медью кованной каске с черным конским хвостом на гребне.

Он привез боярину строгий губернаторский приказ не сделать никакого зла похищенной им боярышне Байцуровой и беречь ее паче своего ока, а наипаче не сметь дерзать и мыслию на ней жениться.

Это не только было написано в бумаге, которую драгун вручил Плодомасову, но все это было во всеуслышание сказано ему драгуном и на словах, и слова эти слышали и его челядь и земский пристав, в глазах которого Плодомасов обличал столько дерзкого непослушания указу, писанному именем царицы, и, наконец, в глазах самой боярышни, за которою вдруг является такая горячая защита.

Плодомасов взглянул на спокойное лицо девушки, из-за которой загорелся весь этот сыр-бор, и почувствовал, что все это дело совсем какой-то вздор, из-за которого нимало не стоило ничего подобного поднимать и затевать борьбу, в которой вдруг ему стало слышаться что-то роковое.

Плодомасов еще раз взглянул на Байцурову, и она ему в эту минуту даже не понравилась. Так, девочка-снегурочка, грибок сыроежка, вздор перед этими белогрудыми лебедками, которых он всех непосредственный султан, минутный муж и повелитель. Стоило ли все это сотой доли его боярского беспокойства, когда все дело это взять в ком, смести да за двор везти... и дом боярский будет так же полон, и постеля боярская так же согрета? Но этот торчащий здесь драгун; этот земский ярыжка и вся эта сволочь, при которой производится его обуздывание, тогда как никто не должен был знать, что и на него есть узда, – вот что напереносно; вот с чем нельзя примиряться Плодомасову! Холопья душа самоуправца чувствует, что она не сможет снести холопьей насмешки. Ему все равно, сложит ли эта насмешка чьи-нибудь уста в улыбку или сомкнет их раболепным молчанием: он не только в улыбке, не только в молчании, но даже в стонах, которыми он может заставить стонать и молчание и улыбку, – во всем он будет слышать насмешку над его бессилием перед этим драгуном, перед какими-то угрозами, перед кем-то старшим, кто отныне займет главенство в подвластных ему умах.

Плодомасов все это сообразил в одно мгновение; в другое – решил, что он во что бы то ни стало не должен допустить этого главенства и для этого превзойдет дерзостью все, что до сих пор когда-нибудь делывал; а в третье он встал, хлопнул в ладоши и молча указал вбежавшим слугам на драгуна.

Тот, наблюдая боярина, понял его жест и, выхватив палаш, бросился в угол покоя; но жест боярина еще быстрее был понят его челядью, и драгун не успел размахнуться ни одного раза вооруженною рукою, как уже лежал на полу, сдавленный крепкими, железными руками чуть не по всем суставам. Грозный конский хвост на голове драгуна, за минуту перед сим столь угрожающий и останавливающий на себе всеобщее внимание, теперь ничего не значил.

– Веревку! – скомандовал боярин, обратясь к одному личарде.

– Попа и дьяков! – повелел он другому.

– Затрави петлю и опусти через крюк в потолке, – приказал он рабу, принесшему свежую пенькову веревку.

Петля была затравлена из вытрепанного конца веревки и спущена через крюк, на котором держался полог боярышниной постели.

В комнату, трепеща и спотыкаясь, предстали вывихнутые через порог в спину поп и дьяки.

– Становись перед образом, – скомандовал попу боярин.

– Батюшка, помилосердуй! – молился боярину трепещущий и плачущий священник.

Боярин свистнул.

Два гайдука схватили дрожащего попа и всунули его в принесенную ризу, а третий намыливал перед его глазами куском мыла веревочную петлю.

– Начинай! – сказал Плодомааов замирающему священнику, когда облачившие его гайдуки поставили его перед образом.

– Что прикажешь, отец? – едва пролепетал почти потерявший со страху всякое сознание священник.

– Венчанье, – ответил Плодомасов.

Все так и остолбенели.

– Пой! – бешено крякнул боярин.

– Кому? – едва мог обронить, глядя на намыленную петлю, священник.

– Мне, – отвечал Плодомасов и, сорвав за руку с места боярышню Марфу Андревну, стал с нею за поповскою ризою.

Плачущий поп и плачущие дьяки пели венчанье плачущей боярышне, которую со связанными сзади локоточками и завязанным ртом держали на руках плачущие девушки; но сам боярин, ко всеобщему удивлению, молился искренно, тихо и с умилением.

– Теперь же, поп, я тебя пожалею, – сказал Плодомасов по окончании обряда. – Я тебя от беды уберег и тебе обыскных припас. Давай книгу! Вот государынин драгун да этот другой воеводский посол (он указал на пристава) – они чужие люди, и распишутся, что боярышня со мной радостью и охотою повенчалась.

– Царский драгун, чай, неграмотен, а воеводский посол хитер в письменности, давайте ему, он за обоих распишется., – продолжал отдавать приказание Плодомасов.

– А чтобы его лучше охота брала подписываться, накиньте ему, пока последнее слово выведет, мыльный тсил на шею, – заключил боярин, заметив нерешимость и дрожание пристава.

Чиновнику надели петлю на шею, а в руки дали лебяжье перо, и он написал в обыскной книге все, что требовал Плодомасов.

– Ну, вот так хорошо, – сказал боярин и приказал подьячему написать в конце бумаги, привезенной драгуном: «мужа с женой никакая власть не разлучает».

Чуть только эта подпись подоспела, боярин выхватил лист из-под руки пристава и бросил в глаза драгуну бумагу, в которой Плодомасову повелевалось: «наипаче не сметь дерзать и мыслию жениться на боярышне Байцуровой».

Но, оправясь с указами власти и с ее посланными, Плодомасову оставалось оправиться с живою силою молодой жены. Это оказалось всего труднее... Силком связанную боярышню обвенчали; но чуть ей после венчания распустили белые локотки ее, она легкою векшею прыгнула на окно и крякнула:

– Шаг ко мне шагнешь – за окном на земле буду! Не послушаешь, так вели зараз твоему попу мне отходную честь!

Боярин и слуги окаменели.

– Выйди вон! – сказала боярышня, не сходя с окна. – Выйди вон, а не то я сейчас за окно брошусь!

Боярин махнул рукой людям и сам вслед им стал выходить спиной к двери.

Марфа Андревна стояла по-прежнему на краю раскрытого окна.

– А долго же ты так простоишь? – спросил ее Плодомасов на пороге.

– А пока горюч камень треснет, либо пока сама захочу.

Плодомасову легло по сердцу дать ей волю и послушаться.

Он ушел, а она простояла так до рассветной поры.

Глава седьмая
Ко белу свету хозяюшка

Поздний осенний рассвет застал село Плодомасово, или собственно плодомасовскую господскую усадьбу, в таком положении, в каком мест этих еще не освещало ни одно утро. Помещичий дом был буквально обложен войсками.

Репутация, которую приобрел себе Никита. Плодомасов, не позволяла шутить, когда дело шло о том, чтобы ограничить своеволие этого дебошира и отнять у него его добычу. Губернатор сам побеспокоился сделать визит Плодомасову и собрал себе свиту, которая дала ему возможность рассчитывать, что он не будет сконфужен и выйдет из плодомасовского дома не вперед пятками и не вниз головой.

Драгун было целых три отряда. Один из этих отрядов обложил усадьбу со стороны леса и отнял у всех находящихся в доме всякую возможность побега; другой, став частию между домом и деревней, а частию вдоль берега Турицы, делал невозможною всякую надежду на какое-нибудь подкрепление или защиту; а третий, имевший в голове своей губернатора, офицера, оскорбленного Байцурова и драгуна, несколько часов назад бывшего свидетелем насильственного венчания боярышни с Плодомасовым, прямо подвигался на его разбойничий дом.

Но можно ли назвать разбойничьим домом такой дом, где теперь так мало отваги, как в доме плодомасовском? Да, именно потому-то и идет этому дому это название, что в виду приближающейся силы в размерах, не допускающих сопротивления, дом плодомасовский ни в одной душе не являл никакой искры отваги, ни малейшего знака спокойных усилий перенести с достоинством долю побежденного.

Напротив! все недавно здесь бушевавшее рабство присмирело и замолкло при виде сил, о которых рабы вовсе не имели никаких понятий, а боярин хоть и имел, да позабыл давно.

У всех обитателей плодомасовского дома, у которых еще кое-как работали головы, в головах этих вертелась только одна разбойничья мысль: как спасти себя и выдать боярина?

Плодомасов не призывал никого к оружию и обороне. Он не сделал этого, во-первых, потому, что он читал предательство и измену себе на всех лицах, которые перед собою видел. На всех? Нет, было одно лицо, на котором он не видал ни зла, ни предательства: это было лицо его молодой жены, виновницы всей этой истории.

Пятнадцатилетняя боярыня Плодомасова не обличала ни страха, ни трепета, ни волнения, ни злорадства. Она стояла на окне только с одним, чувством: она с чувством бесконечной любви глядела на отца, быстро несшегося к ней впереди отряда. Окружающих боярышню женщин бил лихорадочный трепет, они протягивали свои робкие руки к не оставлявшей своего места боярышне и робко шептали: «Спаси нас! спаси – мы ни в чем не повинны».

Плодомасов слышал эти моления и сам готов был молить ее защитить его, много повинного, и мнилось ему... мнилось ему, что она его защитит.

Глава восьмая
Необъяснимые явления увеличивают страх

Находясь под влиянием таких чувств смятенья и страха, столпившиеся в боярышниной комнате жилицы плодомасовского дома были еще более испуганы новым, непонятным явлением, потрясшим их последние силы. Они вдруг заметили посреди себя незнакомые, никогда никем не виданные и неизвестно откуда пришедшие лица. Это были две какие-то удивительные женщины. Как они пришли и откуда взялись, это для всех было задачей.

Но вот в чьей-то испуганной голове мелькнуло, что это вовсе и не женщины, а сверхъестественные мстители и предвестницы смерти, выступившие из стен обреченного на гибель дома. И в самом деле, вид их и странен и страшен: одна в шушуне, бледна как мертвец, а очи как угли. Это тигрица, у которой отняли ребенка. А другая... что за лицо и что за одежда! Лицо эфиопа, два длинные зуба блестят в темной пасти раскрытого рта; седые космы падают с головы густыми прядями; сухая темная грудь открыта от шеи до пояса, и юбка зашароварена в широкие пестрые порты, а в руках... в руках и у той и у другой по ножу.

– Это они! это темные духи!

Высказанная кем-то в ужасе во всеуслышание мысль эта была электрическим толчком; суеверный страх обуял всех, и все ожидавшие здесь развязки своей грозной судьбы грохнулись на пол. Сам Плодомасов в ужасе отвернулся к стене и закрыл лицо руками.

Не сробела одна юная боярыня Плодомасова; она бросилась в объятия этих женщин и, упав на грудь одной из них, залила ее своими неудержимыми теперь слезами. Плодомасов робко взвел взоры и увидал странную группу: две неведомые гостьи обнимали жену его и пятились с нею задом к дверям, держа над ее грудью блестящие ножи. Это было непостижимо.

Плодомасов снова закрыл глаза и не видал, как ножи были спрятаны, и лица, составлявшие оригинальную группу, обнимали друг друга и тихо шептались.

Читателю, конечно, нет нужды разделять общий плодомасовский ужас по поводу явления этих таинственных посетительниц плодомасовского дома. Читателю нетрудно будет отгадать, что эти две женщины, так вовремя и так эффектно взошедшие, были мать молодой боярыня и ее няня-туркиня, выехавшие на своих клячах в погоню вслед за боярышней.

Они прибыли в Плодомасово с твердым намерением проникнуть к пленнице в окна или в двери и избавить ее смертью от срама. Судя по решительности, с какою они входили, это им не могло не удаться, потому что не жалеющим себя за дело – дело само себя подсказывает. Но вышло так, что они и никаких затруднений не встретили; они просто, пользуясь общей сумятицей в доме, свободно вошли и свободно прошли длинный ряд пустых покоев и предстали здесь привидениями в ту самую минуту, когда губернатор и Байцуров отворили дверь оставленного без всякой защиты крыльца плодомасовского дома.

Новые гости также прошли все покои и вошли в опочивальню боярышни. При виде открывшейся им картины они были поражены полным удивлением: сановник, ожидавший со стороны Плодомасова сопротивления и упорства, недоумевал, видя, что дерзкий насильник дрожит и все его личарды лежат распростертые ниц на земле. Оскорбленный отец ожидал услыхать вопли и стенания своей одинокой дочери и также недоумевал, видя ее покоющейся своею головкою на теплой материнской груди.

Но позднее смирение Плодомасова не могло быть ему оправданием. Против него было свидетельство драгуна о совершенном назад тому несколько времени насильственном браке с боярышней Байцуровой; против него спешили стать и другие люди – и те, чьи свидетельства могли иметь вес и значение, и те, чьи показания не могли иметь ни значения, ни веса.

– Участь, вас ожидающая теперь, печальна, но неизбежна, – сказал губернатор растерявшемуся Плодомасову.

В коридоре за дверью звякнули неосторожно опущенные кем-то из рук кандалы.

Плодомасов закрыл лицо руками, зарыдал и, упав на колени, просил одной милости – проститься с женою.

Он видел, что его никто не жалеет, никто не любит, и сердце влекло его к этому полуребенку, долю которого он так жестоко разбил и исковеркал, посмеявшись над ее чувствами и ее свободой.

Ему показалось, что она, и *одна она,* простит его, и он не ошибся. Ее одно имя пришло ему на память, когда позвякивающие за дверью цепи заставляли просить и молить о продлении последней минуты свободы, и к дикому вепрю сходила благодать утешения, что у него есть жена, есть чистое существо, во имя которой он может просить себе снисхождения.

– Жена? У вас нет жены, – отвечал Плодомасову губернатор. – Вы, государь мой, по злообычаю забыли, вероятно, что вы от этой девицы не снисхождения можете ожидать, а сугубого гнева на вас. Благородная девица сия, конечно, присоединит свой голос к тем свидетельствам, которые против вас сделаны, и это будет ваше последнее с нею свидание. Прошу вас, государыня моя, сказать, точно ли вы с сим господином обвенчаны, как все о том свидетельствуют, насильно?

– Венчана я с ним точно, – отвечала Марфа Андревна и остановилась.

Губернатор просил ее продолжать.

Марфа Андревна с горькою жалостью взглянула на униженного Плодомасова и отвечала:

– Да, я точно с ним венчана, но я не венчана насильно.

– Как не насильно? – вскрикнул удивленный губернатор.

– Как, сердечная дочка моя! Неужто с твоего то все было согласия? – воскликнул, заломив руки, Байцуров.

Присутствующая толпа стояла, пораженная неразрешимым для нее недоумением; одна мать Байцуровой прочитала разгадку всего этого в сокровенных тайниках дочерниного сердца. Она сжала дочернину руку и шепнула:

– Дело, дочь, дело!

– Пусть за меня никому зла не будет! – отвечала матери на ухо дочь, хороня на плече ее свое личико.

– Скажите же, милостивая государыня, как все такое происходить могло в столь непонятной истории. У нас есть доказательства совершенно противные... Вы говорите в испуге... вы ободритесь.

Марфа Андревна приподняла голову с материнского плеча и ответила:

– До всего, что вы о ком знаете, в том мое дело сторона; а что ко мне касается, то муж мой в том прав, и я на него не в пώслухах.

Удивление губернатора возросло до того, что он развел руки и при всех сознался, что ничего не понимает.

Старуха Байцурова вступилась в его спасение и, выступив вперед, сказала:

– Девичьей душе не надо дивиться, ваше превосходительство. Девушка с печи падает, пока до земли долетит, сорок дум передумает, и в том дива нет; была с вечера девушкой, ко полуночи молодушкой, ко белу свету хозяюшкой, а хозяйке не честь быть ни в пѓслухах, ни в доказчицах. – Старуха тихо выдвинула дочь за руку вперед себя и добавила: – Хозяйкино дело теперь весть дорогих гостей за стол да потчевать.

Марфа Андревна поклонилась губернатору и сказала:

– Прошу милости к нашему хлебу-соли.

Губернатор еще недоумевал и глазами хлопал.

– Ваше превосходительство, – опять выступила и ему одному вслух заговорила Байцурова, у нас что с трубами свадьба, что и без труб свадьба: дело попом петое, и жена мужу нерушимый кус. Не наша воля на то была, а ее да божья, что видим теперь ее здесь властной госпожой, а не невольною бранкою. Здесь холопы не доказчики, а жены нашего рода на мужей не пѓслухи. Она все дело решила, и она, ваше превосходительство, ждет, что вы под руку ее к столу сведете.

Губернатор шаркнул, подал Марфе Андревне локоть и повел ее вниз в парадные покои.

Комната, служившая местом всех этих событий, все опустевала, и, наконец, посреди ее остался один Плодомасов. Он смутно понимал, что недавняя великая беда для него минула; понимал, что все это сделала его ребенок-жена, но он также чувствовал и сознавал, что с этой бедою навсегда минула здесь и власть его. Бранка победила своего пленителя, и над всем, что только Плодомасов имел в своих владениях, он видел ее твердый благостный дух.

Он чувствовал, что здесь отныне будет выше всего *она*, а не он, и весь дикий мятеж его диких страстей покорен.

Да, власть его восхищена. Вот он, стоя здесь один, всеми позабытый и брошенный, слышит, как в тех его дальних парадных покоях раздаются гостиные голоса; вон эти домочадцы, еще так недавно поднявшие холопьи носы перед ним, снова смирились, и снуют, и раболепно покорствуют вновь единодержавно воцарившейся в доме новой воле, и он сам, Плодомасов, он сам, большой могол, султан и властитель всего здесь сущего, он разрешен от власти и... он рад тому: он тихо крестится и шепчет: «Боже: устроевый тако, – слава тебе!»

Плодомасов смятен, как застенчивое дитя, и не знает только одного: как ему теперь сняться отсюдова с места, на котором стоит, куда идти и как показать свои очи в своем новом положении?

Но новые воеводы его дома кругом смотрят и все видят.

Старуха Байцурова проводила в почетное место губернатора и драгуна и заставила своего мужа занимать их и чествовать, а сама вернулась к Плодомасову и, взявши его руку, сказала:

– Ну что ж? разумеешь ли ныне, хитрый вор, какую ты себе беду украл?

– Матушка-свекровь, сверх ума благодарствую, – отвечал Плодомасов, повалившись ей в ноги.

– Не для тебя то, однако, все сделано, а и для своей души. У нас род такой, что мы до суда и до свар наповадливы, а я ты постыдись, что в храбром-то уборе да лежишь у бабьих ног без храбрости... Встань! встань! – добавила она ласковей. – Умыкнутая жена, что и рукой выданная, – назад нечего взять; но помня, что не пара ты ей и что старый муж да нравливый молодой жене на руку колодой падает.

– Сударыня-свекрозь, оставь беспокоиться! пусть она во всем госпожой здесь будет...

– Да, но гляди, зять, чтобы холопьи сусальные глаза моей дочери слез не видали; а теперь сделаем промеж нас родное согласие и пойдем к гостям честь-честью.

Байцурова поцеловалась с Плодомасовым и, взяв его под руку, пошла с ним в гостиную, где Плодомасова ожидала его молодая жена и его незваные гости. Никите Юрьичу Плодомасову не оставалось ничего более, как отпировать со всеми этими гостями свою свадьбу, и он отпировал ее, а потом отпустил каждого гостя домой с дорогими подарками.

Очерк второй
Боярыня Марфа Андревна

Глава первая
Хрустальная вдова

После свадьбы Марфы Андравны протекло полтора десятка лет. В эти годы отошел мирно и тихо к отцам старик Байцуров; к концу пятнадцатого года плодомасовского брака у Марфы Андревны родился сын Алексей, которым порадовался укрощенный боярин Никита и старушка Байцурова, и вслед за тем сами они обои, и зять и свекровь, в один и тот же год тоже переселились в вечность.

Не стало у Марфы Андревны ни отца, ни матери, ни мужа, она осталась на свете молодою тридцатилетнею вдовою с ослепительной красотою, богатым состоянием, заключавшимся в трех тысячах душ, и с единственным однолетним сыном.

Как было жить этой молодой вдове, насильно повенчанной пятнадцать лет тому назад с нелюбимым старым мужем, который, по выражению ее матери, должен был ей колодою падать на руку?

Прошлое Марфы Андревны не давало никаких основательных данных для предсказаний, как она проведет свою остальную жизнь? Марфа Андренна принадлежала к идеалу женщин мудреца Сократа: она жила так, что о ней не находили ничего рассказывать.

С тех пор, как мы оставили бранку женою боярина Никиты, до того дня, когда мы встречаем ее вдовою, в течение целых пятнадцати лет, Марфа Андревна правила домом и властвовала надо всем имением и над своим старым мужем, и никого этой властью не озлобила, никому ею не надокучила. Она не забирала власть, а власть самой ей давалась – власть шла к ней, как к «имущей власть».

Муж ее со дня женитьбы своей не выезжал из

усадьбы, – он оделся в грубую свиту, опоясался ремнем, много молился и сокрушенно плакал. Жена ему была утешением: при ней его меньше терзал страх смерти и страх того, что ждет нас после смерти. Марфа Андревна защищала его от гроз воображения, как защищала от гроз природы, при которых старый боярин падал седою головою в колени юной жены и стонал: «Защити, защити меня, праведница! При тебе меня божий гнев не ударит».

Для всех посторонних и для своих челядинцев Плодомасов как бы исчез и не существовал. Пятнадцать лет он ни на минуту не забывал, что жена его была его спасительницей, и жил в благоговейном почтении к ее благородному характеру. Он во всем слушал ее и ее мать, сделавшуюся после жены его первым другом и советником.

На пятнадцатом году брака Марфа Андревна совершила счастие мужа, по котором втайне крайне томилась душа старика, но уста и в молитве счастия того просить не дерзали: Марфа Андревна восстановила угасавший с ее мужем род Плодомасовых, она дала мужу сына.

Этим мера счастия Никиты Плодомасова была преисполнена, и остепененный буян, тихо отходя христианином в вечную жизнь, еще раз благословил Марфу Андревну за последний поцелуй, которым она приняла его последнее дыхание.

Но что же будет теперь? Запоет ли молодая боярыня, пригорюнившись: «Скучно, матушка, весною жить одной»? Нахлынут ли к ней, прослышав про ее вдовство, молодые бояре и князья, и положит ли она на чью-нибудь молодую грудь свое белое лицо, или запрядет Пенелопину пряжу и станет исканьями женихов забавляться да тешиться?

Нет; не судьба нам и на этот раз увидать молодую боярыню в обличениях сердечных ее слабостей. Идут опять длинные годы; прошло снова опять целых пятнадцать лет, а про вдову Марфу Андревну и слухов нет и на славу ее и тень не легла; живет она с сыном своим хрустальною вдовицею, вся насквозь хрусталем светясь.

Упрекали ее, что она, дома сидя, раньше века

состареется, но она, слыша порой те упреки, отвечала, что матери с детем домоседство не в муку.

Собственная крепостная дворня Плодомасовой во все эти годы видели свою боярыню в «распараде» только один раз за все ее вдовство; это было через три года после рождения Алексея Никитича, когда, по старому обычаю, боярыня перед всем собранием домочадцев сажала малолетнего сына на белого коня и обещалась за него богу, что сделает из него честного слугу вере и России.

Затем целые пятнадцать лет боярыня Плодомасова опять жила тихохонько. В эти пятнадцать лет она возрастила себе сокола-сына. Выходила боярыня сына, выхолила его и молодцом молодца с божьим благословением и материнской молитвою пятнадцати лет выслала его в Питер служить государыне, слава великих дарований которой вдохновляла и радовала Плодомасову в ее пустынном захолустье.

Соблазняли боярыню слухи о нравах дворских и вольностях, но она надеялась, что вложила в сердце сына добрые семена.

– Живи чисто! – завещала она сыну и твердо надеялась, что он соблюдет свою чистоту, как она свою соблюдала. «Это все, что чем манится, – почасту писывала она сыну в столицу, – дано богом в умножение рода, да отец будешь, а не прелюбодей. Помни, что где двое у греха беспечны, там от них третий нарождается и будет от безумных людей безгрешно стыд терпеть, а потому блюдись, дабы этого не было».

В это время, когда боярыня осталась в своем Плодомасове совсем одинокою, ей уже минуло сорок пять лет; красота ее отцветала в ее тихом заточении, и чистая, непорочная жизнь укрепила за нею название «хрустальной вдовы».

Глава вторая
Прилетный сокол и домашнее вабило

Еще пять лет прошло мимо, а с ними боярыне стукнуло пять десятков, и она наложила на себя старушечий повойник.

Для плодомасавской жизни наступила новая пора.

Никто никогда не видал от природы чинную и серьезную боярыню, какою все видят ее теперь. Она шутлива, весела, радостна: она смеется с слугами и подпевает слегка своим сенным девушкам, обряжающим давно забытые большие покои так называемого «мужского верха».

Да и как не быть боярыне шутливой и радостной, когда она, после пятилетней разлуки с единственным сыном, ждет к себе Алексея Никитича на долгую побывку и мечтает, каким она его увидит бравым офицером, в щегольском расшитом гвардейском кафтане, в крагах и в пудре; как он, блестящий молодой гвардеец блестящей гвардии, от светлого дворца императрицы перенесется к старой матери и увидит, что и здесь не убого и не зазорно ни жить, ни людей принять.

– А там...

Марфе Андревне мерещится вдали светлоокая невестка, с кроткими очами, с плавною поступью, с верной душою. «И будем жить вместе, и будет и радость, и счастье, и здоровые внуки, и румяные внучки».

Приготовления кончены; покои светлы и пышны, как брачный чертог; спешит в них и принц сердца боярыни Плодомасовой.

Алексей Никитич был на самом деле действительным молодцом и притом покорным сыном.

За полверсты не доезжая до материнского дома, он сошел к ручью, умылся, надел на себя все парадное платье и предстал Марфе Андревне, как она ему о том писала в полк, чтобы «приехал он к ней и в добром здоровье и в полном параде». Он сошел у материнского крыльца в парике, с косою за плечами, в щегольском гвардейском мундире. Боярыня встретила сына на верхней ступени с образом, с хлебом и солью. На глазах у нее были слезы: ей хотелось скорее броситься к сыну и прижать его к своей груди, но она этого себе не позволила и тем показала, как должен вести себя и Алексей Никитич.

Молодой Плодомасов поклонился матери в ноги,

приложился к образу и постоял на коленях, пока мать три раза коснулась его темени хлебом.

Затем они зажили. У Плодомасова был долгий, годовой отпуск.

Марфа Андревна, как мы видели, имела намерение женить сына; и тотчас, как дорогой гость ее немножко у нее обгостился, она начала его понемножку повыспрашивать, какие он имеет собственные насчет брака взгляды и планы? Оказалось, что скорый брак вовсе не манил Алексея Никитича.

– Но отчего же так, милый друг мой, ты предпочитаешь долго ходить кавалером? – спрашивала его боярыня.

– Так, матушка, влечения к брачной жизни еще о сей поре не чувствую, – отвечал сын.

– А уж не маленький ты, пора бы и чувствовать.

– Да теперь, матушка, к тому же так рано в мои годы изрядные кавалеры и не женятся.

– Для чего же так: неужели в старые годы жениться лучше, чем в молодые? А по-моему, что лучше как в молодой век жениться да взять жену по мыслям и по сердцу? В этом божий закон, да и любовь сладка к поре да вовремя, а что же в том радости, чтобы старым телом молодой век задавить? Злей этого обыка для жизни быть не может.

Сын промолчал, сконфуженный простыми и прямыми словами матери.

А Марфа Андревна вдруг ревниво заподозрила: нет ли у ее сына какой-нибудь тайной зазнобы в Петербурге.

Ловко и тонко, то с далекими подходами, то с неожиданной, сбивающей сына с такту прямизной расспрашивала его: где он у кого бывает в Петербурге, каких людей знает, и, наконец, прямо спросила: а с кем же ты живешь?

Плодомасоз понял, что вопрос материн предложен не в прямом его смысле и гвардейская этикетность его и собственная скромность возмутились этим бесцеремонным вопросом.

– Матушка, я в этом еще неповинен, – отвечал, тупя

глаза, Плодомасов.

– Хвалю, – отвечала мать, – будь достоин чистой невесты.

Сконфуженный сын жарко поцеловал материну руку.

Марфу Андревну, которая знала все-таки столичные нравы екатерининского века, очень занимал вопрос о нравственности сына.

Застенчивый и скромный ответ гвардейца нравился Марфе Андревне чрезвычайно; но она хотела удостовериться еще точнее, что взлелеянное ею дитя ее действительно непогрешимо в своей чистоте, и потому священник, отец Алексей, получил поручение узнать это ближе, а Алексею Никитичу ведено было тут же вскоре после приезда говеть и приобщаться.

По окончании исповеди отец Алексей, худой, длинный старичок, вовсе не питуший, но с красным носом, укрепил Марфу Андревну в этом мнении: он вошел к ней и благопокорно прошептал:

– Девственник!

– Это в наш век редкость, – произнесла Марфа Андревна.

– Редко, сударыня, редко.

– Господи, сколь я счастлива! – воскликнула Марфа Андревна, и в самом деле она была необыкновенно счастлива и довольна.

Сын делал полную честь трудам воспитавшей его матери, и блаженная мать души в нем не чаяла и еще усугубила к нему свою нежность.

– Тамошний омут чист переплыл, а уж тут у меня и замутиться не в чем.

И она не отпускала сына от себя ни на шаг, пестовала его, нежила, холила, и любовалась им, и за него радовалась.

И пошла тихо и мирно жизнь в селе Плодомасове. Мать не нарадуется, что видит сына, и дни летят для нее как краткие мгновенья. Ей и в голову не приходит осведомиться: так ли весело в деревенском уединении сыну ее, как весело ей от единой мысли, что он с нею под одной кровлей.

Все, казалось, шло стройно и прекрасно, но вдруг

среди такого семейного счастия красавица сенная девушка Марфы Андревны, ходившая за самой боярыней, «спальная покоевка», заскучала, затосковала и потом, раздевая раз боярыню, бросилась ей в ноги и зарыдала.

Марфа Андревна знала, что значит такие поклоны в ее монастыре. Строгие брови Марфы Андревны сдвинулись, глаза сверкнули, и губы выразили и гнев и презрение. Виновная не поднималась, гневная боярыня стояла, не отнимая у нее своей ноги, которую та обливала горячей слезою.

– И ты это омела? ходя за мной за самой, ты не могла себя соблюсти?

– Матушка! голова моя не нынче уже перед вами на плахе.

– Не нынче?

– Матушка… давно… пятый месяц, – и девушка опять пала горячим лицом к ножке боярыни.

– Кайся же, *кто?* Кто дерзнул на тебя?

Девушка молчала.

Три раза боярыня повторила свой вопрос, и три раза девушка отвечала на него только одними рыданиями.

– Говори: кто? Я прощаю тебя, – произнесла Марфа Андревна.

Девушка поцеловала барынины ноги, потом руки.

– Тебе, как ты за мною ходила, то как ты ни виновата, что всего этого не чувствовала, но тебе за мужиком не быть.

Девушка опять упала в ноги.

– Говори, кто тобой виноват: холостой или женатый?

Виноватая молчала.

– Говори! если холостой… Бог вас простит, но чтоб завтра же у меня при всех тебя замуж просил. Чего ты водишь глазами? Слышишь, перестань, тебе говорю: я не люблю, кто так страшно взглядывает. Иди, и чтоб он завтра тебя замуж просил, а не то велю ему лоб забрить.

Девушка отчаянно ударила себя в грудь и воскликнула:

– Этому быть нельзя!

– Что ты такое врешь! знать я не хочу и велю, чтоб

было как приказываю.

Девушка отчаянно закачала головой и воскликнула:

– Господи, господи! да научи же меня, как мне слово сказать и покаяться!

– Холостой... По любви с ним сошлась... и нельзя им жениться! – быстро сообразила Марфа Андревна и, в негодовании оттолкнув от себя девушку, крикнула: – Сейчас же скажи его имя: кто он такой?

– Ох, да никто! – отвечала, терзаясь, девушка.

– Никто?.. Как это никто? что ж это, в бане, что ли, к тебе пристало?

Девушка стояла на коленях и, поникнув головою, молчала.

Марфа Андревна села в кресла и снова вспрыгнула, сама надела на свои ноги шитые золотом босовички и, подойдя к девушке, высоко подняла ее лицо за подбородок и, взглянув ей прямо в глаза, проговорила:

– Хотя бы то сын мой родной, я это сейчас знать желаю, и ты не смеешь меня ослушаться!

И, метаясь под проницающим взором своей чистой боярыни, девушка в терзаниях и муках отвечала:

– *Он!*

Этого сюрприза Марфа Андревна не ожидала... Омут переплыл, а на чистой воде осетился.

Глава третья
По делам воздания

Марфа Андревна была ужасно оскорблена этим поступком сына, и притом в ней боролось теперь зараз множество чувств разом.

Перед ней вдруг восстал во весь рост свой покойный Никита Юрьич – не тот Никита Юрьич, который доживал возле нее свои последние годы, а тот боярин-разбойник, который загубил некогда ее красу девичью и который до встречи с нею не знал ничего святого на свете. «Вот он и этот по отцовым стопам начинает, – мнилось боярыне, – девичья честь не завет ему, и материн дом не нетленный кут: идет на все, что меск невзнузданный... Нет, не должно мне это опустить ему, – иначе его злообычие в нем коренать станет! Нет, у сего начала растет зол конец».

– Иди! – сказала она покоевке и, указав ей рукою на двери, сама опустилась в кресло у кровати и заплакала.

Оставшись одна, Марфа Андревна искала теперь в своем уме решения, что она должна сделать? как ей поступить? Решение не приходило, и Марфа Андревна легла спать, но не спала. Решение не приходило и на другой день и на третий, и Марфа Андревна целых три дня не выходила из своей комнаты и не пускала к себе сына.

Этого не бывало еще с Марфою Андревной никогда, и никто в целом доме не знал, чему приписать ее упорное затворничество.

К ней под дверь подсылали приближенных слуг, подходили и заводили с ней разговор и молодой барин и священник отец Алексей; но Марфа Андревна никому не отвечала ни одного слова и только резким, сердитым постукиванием в дверь давала чувствовать, что она требует, чтобы ее оставили.

На четвертый день Марфа Андревна сама покинула свое заточение. В этот день люди увидели, что боярыня встала очень рано и прошла в сад в одном темненьком капоте и шелковом повойничке. Там, в саду, она пробыла одна-одинешенька около часу и вышла оттуда, заперши за собою на замок ворота и опустив ключ в карман своего капота. К господскому обеду в этот день был приглашен отец Алексей.

Марфа Андревна вышла к столу, но не кушала и с сынам не говорила.

После обеда, когда вся домашняя челядь, кто только где мог найти удобное местечко и свободную минуту, уснули по темным уголкам и закоулочкам обширного дома, Марфа Андревна встала и сказала отцу Алексею:

– Пойдем-ка, отец, со мною в сад, походим.

– Пойдем и ты, – заключила она, оборотясь на ходу к сыну.

Марфа Андравна шла вперед, священник и сын за нею.

Плодомасова прошла двор, отперла садовую калитку

и, вступив в сад, замкнула снова ее за собою.

Садом боярыня прошла тихо, по направлению к пустой бане. Во всю дорогу Марфа Андревна не говорила ни с сыном, ни со священником и, дойдя до цели своего несколько таинственного путешествия, села на завалинку под одним из банных окон. Около нее с одной стороны присел отец Алексей, с другой – опустился было гвардейский поручик.

– А ты, поросенок, перед матерью можешь и постоять! – вдруг оттолкнула сына Марфа Андревна.

– Стань! – повторила она изумленному молодому человеку и затем непосредственно обратилась к нему с вопросом:

– Кто тебе дал эти эполеты?

– Государыня императрица, – отвечал Плодомасов.

– Сними же и положи их сюда на материны колени.

Недоумевающий поручик гвардии безропотно исполнил материнское требование.

– Ну, теперь, – сказала ему Марфа Андревна, – государыне императрице до тебя более дела нет... Что ею тебе жаловано, того я на тебе бесчестить не смею, а без царского жалованья ты моя утроба.

С этим она взяла сына за руку и, передавая отцу Алексею, проговорила:

– Отдаю тебе, отец Алексей, непокорного сына, который оскорбил меня и сам свою вину знает. Поди с ним туда.

Она указала через плечо на баню.

– Туда, – повторила она через минуту, – и там... накажи его там.

– Поснизойдите, Марфа Андревна! – ходатайствовал священник.

– Не люблю я, не люблю, поп, кто не в свое дело мешается.

– Позволь же тебе, питательница, доложить, что ведь он слуга царский, – убеждал священник.

– Материн сын прежде, чем слуга: мать от бога.

– И к тому же он в отпуск... на отдохновение к тебе прибыл!

– Перестань пусторечить: я все не хуже тебя знаю, дуракам и в алтаре не спускают; иди и делай, что оказано.

Священник не знал опять, чем бы еще затруднить дело.

– Да вот я и лозы к сему пригодной для наказания не имею.

– Иди куда велю, там все есть.

– Ну, пожалуйте ее волю исполнить, – пригласил отец Алексей поручика.

Плодомасов молча поклонился матери в ноги и молча пошел в баню за отцом Алексеем.

Там, на верхней полке, лежал большой пук березовых прутьев, нарезанных утром собственными руками Марфы Андревны и крепко связанных шелковым пояском, которым она подвязывала в сырую погоду юбки.

– Мы вот как поступим, – заговорил тихонько, вступив в баню, отец Алексей, – вы, ваше благородие, Алексей Никитич, так здесь за углышком стойте, да как мог послышнее голосом своим блекочите, а я буду лозой по доскам ударять.

– Нет, не надо, я мать обманывать не хочу, – отвечал офицер.

– А вот это тебе, отец Алексей, и стыдно! Раздумай-ка, хорошо ли ты сына матери солгать учил! – отозвалась вдруг из-за окна расслышавшая весь этот разговор Марфа Андревна. – Дурно это, поп, дурно!

Сконфуженный отец Алексей поник головою и, глядя на лозу, заговорил:

– Да помилуй меня, легконосица: не могу... руки мои трепещут... меня большая жаль обдержит! Отмени ему сие наказание хоша за его благопокорность!

– А ты жалей да делай, – отвечала из-за окна непреклонная Марфа Андревна. – Кто с холопами в одной повадке живет, тот в одной стати с ними и наказуется.

– Совершим по реченному, – прошептал, вздохнув, отец Алексей и, засучив широкий рукав рясы, начал, ничто же сумняся, сечь поручика Плодомасова, и сек до тех пор, пока Марфа Андревна постучала своей палочкой в окно и крикнула: «Довольно!»

– Наказал, – объявил, выйдя, священник.

Марфа Андревна не ответила ему ни слова. Она была взволнована, потрясена и почти убита. Ей жаль было сына и стало еще жалче после его покорности, возбранявшей ему обмануть ее в определенном ею наказании. Она стыла, зябла, умирала от немощи и страданья, но хранила немое молчание.

Перед Марфу Андревну предстал наказанный ею сын и поклонился ей в ноги.

Марфа Андревна вспыхнула. Вид виновника ее и его собственных страданий возмутил ее, и она ударила его в это время по спине своей палочкой и далеко отбросила эту палочку в куртину.

Алексей Никитич поднял брошенную матерью палочку, подал Марфе Андревне и опять поклонился ей в ноги.

Марфа Андревна опять ударила его тем же порядком и опять швырнула от себя палку.

Сын снова встал, нашел палку, снова подал ее своей матери и снова лег ей в ноги.

Марфа Андревна тронула его в голову и сказала: «Встань!»

Алексей Никитич поднялся, поцеловал материну руку, и все трое пошли домой после этой прогулки.

Разумеется, все, что произошло здесь, навсегда осталось неизвестным никому, кроме тех, кто принимал в этом непосредственное участие.

Глава четвертая
Зазвучали другие струны

Марфа Андревна, наказав так несообразно взрослого сына, изнемогла и духом и плотью. Целую ночь, сменявшую этот тягостный день, она не могла уснуть ни на минуту: она все ходила, плакала, молилась богу и жаловалась ему на свое сердце, на свой характер; потом падала ниц и благодарила его за дарование ей такого покорного, такого доброго сына!

Часа в три после полуночи, в пору общего глубокого

сна, Марфа Андревла спустилась тихонько с своего женского верха вниз, перешла длинные ряды пустых темных комнат, взошла тише вора на «мужской верх», подошла к дверям сыновней спальни, стала, прислонясь лбом к их створу, и заплакала. Битый час она тихо, как изваянная из камня, стояла здесь, тихо всхлипывая и прерывая свои слезы лишь только для того, чтобы, прислонясь ухом к двери, послушать, как дышит обидно наказанный ею спящий сын ее. Наконец кипевшие в груди ее благодатные слезы облегчили ее. Она перекрестила несколько раз сынову дверь, поклонилась ему у порога лицом до земли, прошептала сквозь слезы: «Прости, мое дитя, Христа ради» и отошла. Во всю обратную дорогу к своей опочивальне она шла тихо, плачучи в свой шейный платок.

Марфе Андревне приходилось невмоготу: у нее сил не ставало быть одной; ей бы хотелось взойти к сыну к поцеловать его руки, ноги, которые представлялись ей такими, какими она целовала их в его колыбели. Она бог знает что дала бы за удовольствие обнять его и сказать ему, что она не такая жестокая, какою должна была ему показаться; что ей его жаль; что она его прощает; но повести себя так было несообразно с ее нравом и правилами.

А между тем сердце не слушалось этих правил: оно все беспокойнее и неумолчнее молило дать ему излиться в нежности и ласке.

А кому иному, если не ему, можно было бы отдать эту потоком рвущуюся ласку? Но нет, – ему показать свою слабость она не может.

Марфа Андревна подумала и, не доходя до своей спальни, вдруг повернула с прямого пути и стала тихо выбираться по скрипучим ступеням деревянной лестницы в верхнюю девичью. Тихо, задыхаясь и дрожа, как осторожный любовник, отыскала она среди спящих здесь женщин сынову фаворитку, закрыла ладонью ей рот, тихо шепнула: «Иди со мной!» и увела ее к себе за рукав сорочки.

Марфа Андревна впервые в жизни ходила со страхом по своему собственному дому, – впервые боялась она, чтобы ее кто-нибудь случайно не увидал и не подслушал.

Приведя девушку к себе в опочивальню, боярыня посадила ее на свою кровать и крепко сжала ее руками за плечи.

Девушка порывалась встать.

– Сиди! сиди! – страстно и скоро шептала ей Марфа Андревна, и с этим, повернув ее лицом к лампаде, начала гладить ее по голове, по лицу и по молодым атласным плечам, а с уст ее летели с лаской слова: «Хорошенькая!.. ишь какая хорошенькая! Ты прехорошенькая!.. мне тебя жаль!» – вырвалось вдруг громко из уст Марфы Андревны, и она ближе и ближе потянула красавицу к свету лампады, передвинула несколько раз перед собою из стороны в сторону лицо и обнаженный бюст девушки, любуясь ею при разных тонах освещения, и, вдруг схватив ее крепко в свои объятия, шепнула ей с материнской страстностью: «Мы вместе, вместе с тобою... сбережем, что родится!»

С этим Марфа Андревна еще теснее сжала в объятиях девушку; а та как павиликой обвила алебастровыми руками сухую боярынину шею, и они обе зарыдали и обе целовали друг друга. Разницы общественного положения теперь между ними не было: любовь все это сгладила и объединила.

Глава пятая
Бабушка ворожит своему внучку

Виновница этих скорбей и этих радостных слез Марфы Андревны была так умна, что никому не дала ни одного намека о перемене, происшедшей в ее положении. Марфа Андревна это заметила, и расположение ее к крепостной фаворитке сына увеличилось еще более.

– Ты неглупая девка, – сказала она покоевке, когда та один раз ее одевала, но, следуя своей строгой системе сдержанности, с тех пор все-таки долгое время не обращалась к ней ни с какими нежностями. Это, по соображениям Марфы Андревны, должно было идти так, пока она не даст всем делам нового направления. Новое направление было готово.

Марфа Андревна не стеснялась тем, что срок годовому отпуску сына еще далеко не истек, и решила отправить Алексея Никитича в Петербург немедленно.

– Я вижу, – сказала она, – что тебе с матерью скучно и ты не умеешь держать себя в деревне… В деревне надо трудиться, а то здесь много и без тебя дворянских пастухов болтается. Ступай лучше маршируй и служи своей государыне.

Сын повиновался и этому распоряжению матери беспрекословно, как повиновался он всем вообще ее распоряжениям.

День отъезда Алексея Никитича был назначен и наступил.

Во время служения в зале напутственного молебна по случаю отъезда сына Марфа Андревна стояла на коленях и моргала, стараясь отворачиваться, как будто отдавая приказания стоящей возле нее ключнице. Она совладела с собою и не заплакала. Но зазвеневший во время завтрака у крыльца поддужный колокольчик и бубенцы ее срезали: она подскочила на месте и взялась за бок.

– Что с вами, матушка? – спросил ее сын.

– Колет меня что-то, – отвечала она и сейчас же, обратясь к отцу Алексею, добавила: – Я замечаю, что как будто простудилась, когда мы с тобой, отец Алексей, на току опыт молотили.

– До беды, Марфа Андревна, разве долго? – отвечал отец Алексей, кушая жаренную в сметане печенку. – Все вдруг, государыня, может быть. Я тоже намедни пошел ночью лошадок загарнуть на задворке, а большой ветер был, – я пригнулся, чтоб дверь за собой притворить, а сивуха моя как меня шарахнет в поясницу, так я насилу выполз, и даже еще по сей час этот бок саднеет.

Марфа Андревна остановила речь попа взглядом и стала благословлять сына, а когда тот поклонился ей в ноги, она сама нагнулась поднять его и, поднимая, шепнула:

– Служи там как надобно, а я здесь свою кровь не забуду.

Алексей Никитич Плодомасов опять поехал в блистательную екатерининскую гвардию, а Марфа Андревна опять осталась одна-одинешенька в своей Плодомасовке.

Первым делом Марфы Андревны, проводя сына, было приласкать оставленную им сироту-фаворитку. При сыне она не хотела быть потворщицей его слабостей; но чуть он уехал, она сейчас же взяла девушку к себе на антресоли и посадила ее за подушку плесть кружева, наказав строго-настрого ничем себя не утруждать и не насиловать.

Милости боярыни к виновной девушке вводили всю домашнюю челядь в недоумение. У многих зашевелилась мысль подслужиться по поводу этой истории барыне и поустроить посредством этой подслуги свое собственное счастье. Любимый повар Марфы Андревны первый сделал на этот предмет первую пробу. В один вечер, получивши приказание насчет завтрашнего стола, он прямо осмелился просить у Плодомасовой позволения жениться на этой девушке.

Он ждал за нею приданого и милостей.

Марфа Андревна только завязала ему дурака и отпустила.

Попробовал этого же счастья просить у ней другой – смелый человек, садовник, а за ним третий – портной; но к этим Марфа Андревна уже не была так снисходительна, как к повару, а прямо сказала им:

– Я эти ваши холопские хитрости вижу и понимаю, чем вам сладка эта девка! А вперед подобных речей чтоб я ни от кого не слыхала.

Марфа Андревна безотступно берегла девушку, и когда той доходил седьмой месяц, Плодомасова сама собственными руками начала кроить свивальники, распашоночки и шапочки. Они все это шили вдвоем у одного и того же окна, обыкновенно молча, и обе думая об Алексее Никитиче. Разговоров у них почти никаких не было; и Марфе Андревне это было нетрудно, потому что она в тридцать лет одинокой или почти что одинокой жизни привыкла к думе и молчанью.

– Прибери! – говорила только Марфа Андравна своей

собеседнице, подавая ей дошитую детскую шапочку или свивальник.

Девушка брала вещь, целовала с теплейшей благодарностью барынину руку, и они обе опять начинали молча работать.

Наконец детского приданого наготовлено было очень много: больше уже нечего было и готовить.

Марфа Андревна обратилась к другим, гораздо более важным заботам об участи ожидаемого ребенка.

Плодомасова позвала к себе отца Алексея и велела ему писать под свою диктовку: «Во имя отца, и сына, и святаго духа».

– Это что будет, государыня Марфа Андревна? – спросил отец Алексей.

– А моя духовная, – отвечала боярыня и продолжала излагать свою волю, что всю свою законную часть из мужнина имения, равно как и имение от ее родителей, ею унаследованное, она в наказание сыну своему Алексею, не думавшему об участи его незаконного младенца, завещевает ребенку, который такого-то года, месяца и числа должен родиться от ее крепостной сенной девушки такой-то. А помимо сего награждения, от нее тому младенцу по праву ее даримого, она клятвою сына своего обязывает отдать тому младенцу третию часть и из его собственной доли, ибо сим грех его беспечности о сем младенце хотя частию искуплен быть может. Марфа Андревна подписала свою волю; отец Алексей ее засвидетельствовал и унес в алтарь своей церкви.

Одновременно с этим Силуян, дворецкий Марфы Андревны, был послан добывать ожидаемому новорожденному неизвестного пола дворянское имя и вернулся с доброю вестью. Имя было припасено.

Боярыня Плодомасова была успокоена, и внуку ее оставалось только родиться на судьбу, уже навороженную его бабушкой.

Но в это время с Марфой Андревной случилось неожиданное и ужасное происшествие: ее постигло роковое испытание всем ее силам и крепостям.

Глава шестая
Домашний вор

Марфа Андревна, живучи одна в своем огромном доме, постоянно держалась более одних антресолей. Там у нее были комнаты низенькие, уютные, с большими образниками, с теплыми, широкими лежанками из пестрых саксонских кафель, с гуслями из карельской березы и с рядом больших длинных сундуков, тяжело окованных железом и медью. Здесь была постоянная спальня Марфы Андревны и ее образная, а с осени боярыня почти совсем закупоривалась на целую зиму на антресоли, и вышка эта делалась исключительным ее местопребыванием во все дни и ночи. Старухе и на антресолях было не тесно, – и вправду, здесь было столько помещения, что свободно размещались все подручные покоики, и спальный, и образной, и столовый, и приемный залец с фортункой, на которой боярыня игрывала с отцом Алексеем, и гардеробная, и пялечная – словом, все, что нужно для помещения одинокой старухи, и здесь Марфе Андревне было приятнее и веселее, чем в пустых больших покоях.

– Волковня это у меня, а не дом, – говаривала, бывало, Марфа Андревна, проходя иногда с кем-нибудь по своим большим нижним покоям. – Ишь, куда ни глянешь, хоть волков пугай, пусто.

Большие покои тяготили Марфу Андревну своей пустотой, и она сходила в них редко, только при гостях, которые тоже посещали ее очень редко, или в других каких-нибудь экстренных случаях, встречавшихся еще реже. Большие покои нижнего этажа целые зимние дни спали, но зато оживлялись с большою энергиею ночью. Это было оживление совершенно особенное, напоминавшее слегка то, что бывает будто на Лысой горе на шабаше.

Внизу зимой жили только сенные девушки да орава лакеев. Девушки сидели здесь на звонких донцах за прялками по своим девичьим, а лакеи – в большой и в малой передних, одни за картами, а другие, кто потрудолюбивее и подомовитее, за вязаньем чулок и перчаток. Гостиные же, залы, столовые и наугольные покои были, как сказано, постоянно пусты во весь день до вечера и навещались только набродными номадами по ночам. Когда на плодомасовские небеса спускалась ночь и в боярском доме меркли последние огни, между лакейскими и девичьими начиналось таинственное сообщение. С той и с другой стороны ночные бродяги и бродяжки, как мураши-сластены, расползались по всем покоям барского дома; здесь они встречались и справляли свой шабаш на пушистых коврах и диванах.

Шум, поднимаемый в нижних больших покоях плодомасовского дома, бывал иногда столь неосторожен, что будил самое спящую на антресолях Марфу Андревну; но как подобный шум был для Марфы Андревны не новость, то она хотя и сердилась за него понемножку на своих челядинцев, но никогда этим шумом не тревожилась и не придавала ему никакого особого значения.

Разве когда уже очень всем этим Марфу Андревну допекали и ей не спалось, то она решалась принимать какие-нибудь меры против этого бесчинства, но и то скорее для потехи, чем для строгости. Боярыня вставала, сходила тихонько вниз и обходила с палочкой дом. Тогда, зачуяв издали ее приближение, одни притаивались по углам, другие, не помня себя, опрометью летели во все стороны, как куропатки.

В большую часть подобных своих ночных обходов Марфа Андревна возвращалась к себе без всякого успеха, только, бывало, распугает разве свою праздную челядь. Но иногда случалось иное. Случалось, что Марфе Андревне попадалась за рукав какая-нибудь девушка, и Марфа Андревна вела эту ночную бродяжку к себе за ухо, ставила ее перед образником на колени на мешочек, насыпанный гречею, и, усевшись сама на сундучок, заставляла грешницу класть земные поклоны, определяя число их сотнями, а иногда даже тысячей. Этим, впрочем, все наказание и кончалось. Марфа Андревна терпеть не могла, если девушка была с прибылью или просилась замуж, но так называемое «гулянье» считала необходимым злом, которое преследовала только более для порядка. Таков был дух времени.

С сына она взыскала строго за оскорбление ее дома, за то, что он посягнул на девушку, которая ходила за самой ею, Марфой Андревной, а более же всего за то, что он ее сын, который, по ее понятиям, должен был быть не тем, чем могли быть рабы.

По отношению к рабам Марфа Андревна была далеко снисходительнее. Она и в обходы-то свои пускалась, как сказано, только во время бессонниц, и то словно для развлечения, как на охоту. А то Марфа Андревна, сколь бы ей ни докучали, едва замечала ключнице:

– Ты бы, мать моя, ночью-то хоть иной раз посматривала за крысами.

– За какими, матушка, крысами? – осведомлялась ключница.

– Да воя за рукастыми да ногастыми, что по передним спят. Скажи им, что уж я когда-нибудь к ним сойду, так плохо им будет.

Ключница сказывала, и крысы как будто унимались, но ненадолго, и через некоторое время опять начиналось то же шнырянье.

Глава седьмая
Незваные гости

Дом боярыни Марфы Андревны хотя был населен очень людно, но в нравах этого населения под старость лет боярыни начинала господствовать большая распущенность. Дом в ночное время содержался не опасливо, и хотя время тогдашнее было не беспечное, но в доме Плодомасовой почти никакой осторожности против внешних напастей не наблюдалось. Здесь все вместе, как и каждый порознь, были уверены, что их очень много и что они «шапками всех закидают», а эта политика шапок хотя и бойка, но, как известно, не всегда хорошо себя оправдывает. Так это и случилось в плодомасовском доме, который стал богатым и который, по тогдашним смутным временам, может быть следовало оберегать гораздо потщательнее, чем он оберегался. Народ бредил пугачевщиной; везде шатались шайки мужиков и холопов, взманенных популярными успехами Пугачева; они искали добычи, а плодомасовский дом обещал этой добычи целые горы.

В ноябре, в самую ненастную дождливую темень, в самую глухую полночь Марфе Андревне показалось, что у нее внизу дома происходит целая свалка. Шум, порою достигавший оттуда до ее слуха, был, так смел и дерзок, что боярыня уже хотела встать и сойти или послать вниз спавшую в смежном с нею покое фаворитку Алексея Никитича; но самой Марфе Андревне нездоровилось, а будить непорожнюю женщину и гонять ее по лестнице боярыня пожалела. В этих соображениях Марфа Андревна решилась оставить разбор дела до завтра; обернула голову теплым одеялом и уснула.

Но вот слышится Марфе Андревне, будто кто-то трогает дверь на лестницу внизу. Крепкая дверь хорошо заперта и не отворится, а Марфе Андревне опять спится, и снова ей слышно, что по комнатам будто кто-то ходит. Полежала Марфа Андревна еще с минуточку, и вдруг ей кажется, что вокруг ее будто ветер веет, а кроме ветра, по ее покоям ходят и живые люди. Марфа Андревна совсем проснулась и покричала девушку, но ответа не было. Тогда она, удивленная, встала сама, надела босовички и вышла. И что же Марфа Андревна увидала? она увидала, что прямо против нее, в другой комнате, на сундуке лежит девушка, та самая, которою грешен был Алексей Никитич, и лежит она очень странно и неестественно – лежит вся навзничь, руки под спиною, а во рту платок.

Как ни смела и подчас ни находчива была Марфа Андревна, но здесь она ничего не могла вдруг сообразить и придумать. А между тем для удивления Марфы Андревны, кроме горящей свечи и связанной девушки, приготовлены были и некоторые другие новины: как раз против вторых дверей Плодомасова увидала молодец к молодцу человек двадцать незнакомых людей: рожа рожи страшнее, ножи за поясами, в руках у кого лом, у кого топор, у кого ружья да свечи.

«Что это такое? видение, что ли?» – подумала Марфа Андревна; но врывавшийся в окно ветер с дождем и еще две рожи, глядевшие в выбитое окно из черных ветвей растущей под самыми окнами липы, пронесли мигом последние просонки боярыни.

«Это, пожалуй, и Пугач!» – решила она и, торопливо накинув на плечи шушун, вышла и стала на пороге двери.

Дом Плодомасовой посетил небольшой отдел разбойничьей шайки. Шайка эта, зная, что в доме Плодомасовой множество прислуги, между которой есть немало людей, очень преданных своей госпоже, не рисковала напасть на дом открытой силой, а действовала воровски. Разбойники прошли низом дома, кого заперли, кого перевязали и, не имея возможности проникнуть наверх к боярыне без большого шума через лестницу, проникли к ней в окно, к которому как нельзя более было удобно подниматься по стоявшей здесь старой черной липе.

Марфа Андревна недолго стояла в своем наблюдательном созерцании: разбойники ее заметили и сейчас же одним ударом приклада сшибли ее с ног, бросили на пол и тоже завязали ей рот. При ее глазах взламывали ее сундуки, забирали ее добро, вязали все это в узлы и выкидывали за окно прямо на землю или передавали на веревках темным страшным людям, которые, как вороны, сидели на ветвях черной липы и утаскивали все, что им подавали.

Ветер выл и заносил в комнату брызги мелкого осеннего дождя; свечи у разбойников то вспыхивали широким красным пламенем, то гасли, и тогда снова поднимались хлопоты, чтобы зажечь их. Марфа Андревна лежала связанная на полу и молча смотрела на все это бесчинство. Она понимала, что разбойники пробрались на антресоль очень хитро и что путь этот непременно был указан им кем-нибудь из своих людей, знавших все обычаи дома, знавших все его размещение, все его ходы и выходы.

Лежа на полу, Плодомасова старалась сквозь мелькавшие у ее лица грязные сапожищи разбойников разглядывать разбойничьи лица и, наконец, в одном из них узнала своего слугу Ваньку Жернова.

Марфа Андревна ясно припомнила, что она очень

недавно видела это лицо в своих покоях, и удивилась, увидав его теперь чуть не атаманом этого отдела разбойничьей шайки.

В печальном положении Марфы Андревны не представлялось никакой возможности уйти вниз, где она еще могла ожидать хоть какую-нибудь помощь; да и то, думала она, бог знает, помощь эта станет ли на ее сторону или на сторону Ваньки Жорнова.

В те времена ни на какое старое добро, ни на какую защиту от своей челяди помещики не надеялись.

Марфа Андревна, пожалуй, более, чем многие другие, могла положиться на любовь своих челядинцев, с которыми она всегда была справедлива и милостива, но тогда и правда и милость не ценились и не помнились. «Добрую барыню» в Самарском уезде мужики и плачучи повесили на ракиту. Да Марфе Андревне это было почти все равно: на ее ли сторону стала бы ее челядь или на сторону разбойников и предводившего ими Ваньки Жорнова, – все равно: ей вниз с своих антресолей теперь не добраться.

Глава восьмая
Пытка

Марфа Андревна, не видя ни малейшей надежды к опасению, отвернулась от картины разбоя и стала приготовляться к смерти. Сундуки и укладки ее были опорожнены, и все, что в них вмещалось, повышврено за окно. В покоях оставалось уже очень немного, над чем бы стоило еще поработать. Последнее внимание разбойников пало на один железный сундук, привернутый через медные шайбы винтами к полу и запертый изнутри хитрою стальною пружиною. Ни один лом, ни один топор не брал этого заманчивого сундука. По той тщательности, с которою сундук этот был укреплен и заперт, разбойники не сомневались, что в нем-то и должны заключаться все наиценнейшие богатства домовитой боярыни. А сундук этот только что был Марфой Андревной перебран прошедшим вечером, и в нем не было ничего, кроме детского белья, припасенного ею ожидаемому новорожденному.

Со рта Марфы Андревны сорвали платок и потребовали, чтобы она указала, где ключ.

Марфа Ашдревна встрепенулась. Она обернулась и сказала:

– Как же ты смеешь думать, холоп, что я дам тебе ключ?

– Не дашь?

– Ну разумеется, не дам, – отвечала заносчиво и резко Марфа Андревна.

Разбойник, не рассуждая долго, ударил старуху сапогом в лицо.

– Подай ключ! – приставали к ней со всех сторон.

– Не дам я ключа, – отвечала Марфа Андревна, отплевывая бегущую из рта кровь.

Что с ней ни делали – били ее, вывертывали ей пальцы и локти, таскали ее по полу за волосы! «Не дам», – отвечала железная старуха.

– Я сказала, не дам, и не дам!

– Так на лучину ее, ведьму! сама заговорит, где ключ спрятан, – скомандовал Ванька Жорнов.

С Марфы Андравны стащили ее золотом шитые босовички, согнули ей колени и под икры подсунули пук пылающей лучины.

– Не дам я ключа вам, холопам, – проскрипела сквозь зубы Плодомасова.

– А ты, боярыня, не крепись изнапрасна, мы ведь всё допытаемся, – заговоришь – приставал, коптя ее ноги, Жорнов.

– Врешь, подлый холоп: не заговорю.

– Заговоришь.

Но Марфа Андревна собрала силы, плюнула Жорнову в самое лицо и опять назвала его «холопом».

– Холоп! Нет, я твой господин теперь, а ты моя холопка.

– Подлый смерд! – крикнула в азарте, забыв на минуту самую боль свою, истязуемая и снова плюнула прямо в глаза своему палачу.

Ее били и истязали несказанно; она не ожидала помощи ниоткуда: видела сочувствие в глазах одной своей задыхавшейся девушки, но и не думала уступить холопам.

Разбойники становилось в тупик: ломать половицы, к которым привинчен сундук, – их не выломишь из-под взбкрой положенного венца. Зажечь дом – нет прибыли, да и осветишь след ходящим по всей окружности войскам; сложить ее, старуху, на всю лучину, спалить ей прежде спину, потом грудь и живот – страшно, что помрет, а не скажет.

Марфе Андреане было радостно, что эти звери не знали, что с ней сделать.

– А что у тебя тут в сундуке? – спросил ее Жорнов.

– Тут мое золото, да серебро, да окатный жемчуг.

У разбойников даже и в сердце похолонуло и в ушах зазвенело.

Даже честью стали просить Марфу Андревну:

– Матушка, старушенька, не губи себя, мы твоей крови не жаждоваем: дай ключ от укладки с бурмистским зерном.

– Не дам, – отвечала Марфа Андревна.

– Так мы же у тебя выпытаем!

– Ничего не выпытаешь, холоп.

Но у нас, ни в чем не знавших ни меры, ни удержу, люди на зле, как и на добре, не останавливаются.

У Емельяна Пугачева были пытальщики дошлые – знали, как какого человека каким злом донимать; а предания Емельяновы были живы в народе и не безведомы и Ваньке Жорнову.

Марфе Андревне погрозили непереносным срамом, что разденут ее сейчас донага, осмолят ей голову дегтяным ведром и обсыпят пуховой подушкой да, привязав на шелудивого коня, о рассвете в село на базар выгонят.

Услыхав этот ужасный приказ Ваньки Жорнова, Марфа Андревна вздрогнула, и холодный пот выступил у нее даже по закоптелым опалинам.

«Неужто же надо покориться холопам, или посрамить перед нечистым взором непорочную наготу свою!»

Марфа Андревна, однако, сообразила, что уже теперь ей не помогла бы и покорность, что разбойники, найдя в сундуке одни детские тряпки, пришли бы еще в большую ярость и все равно не простили бы ей ее упорства. Они отмстили бы ей именно тем мщением, к которому она обнаружила страх и боясь которого отдала бы им ключ.

Бесчестье ее казалось неотклонимым.

Глава девятая
Помощь нежданная и для многих, может быть, невероятная

– Николай-угодник! защити меня, твою вдову грешную, – взвыла голосом страшного отчаяния Марфа Андревна, устремив глаза к висевшему в углу большому образу, перед которым меркла задуваемая ветром лампада, и упованию Марфы Андревны на защиту отселе не было меры и пределов. Вера ее в защиту действительно могла двигать горами.

– Что у тебя в сундуке? – в последнее приступили к ней разбойники, мешая ей творить ее молитвы.

– Сокровища, – отвечала боярыня, прервав на минуту свой молитвенный шепот, и опять замолила.

– Подай ключ!

– Не дам, – по-прежнему смело и твердо сказала боярыня и снова зовет чудотворца, зовет его смело, громко и уповательно, словно требует.

– Спеши… – кричит, – спеши скорее, не постыди моих упований!

Разбойникам даже становится страшно от этого крика: зычно кричит Марфа Андревна; страшно ей и рот закрыть, страшно, что и на небе ее услышат.

– Полно! – скомандовал Иван Жорнов, – перестань, ребята, слушать: пори подушку и подавай ведро.

– Не посрами меня, скорый помощник! Явись сюда – я верую и погибаю! – страшно громко вскрикнула несчастная старуха и… вышло как-то так и дивно и страшно, что скорый помощник словно дыханием бури явился к ней на помощь.

Свистя, грохоча и воя, дунул в распахнутое окно ветер с силой, дотоле неслыханной, и вздрогнули старые стены, и с угла сорвалась огромная, в тяжелом окладе, икона святого Николая, которой молилась Плодомасоза; загремели от падения ее все стекла в окнах и киотах; зажженные свечи сразу погасли и выпали из разбойничьих рук, и затем уж что кому виделось, то тому и было известно.

Обессиленная истязаниями Марфа Андревна видела только, что разбойники все как один человек бросились к выбитому ими окну и, как демоны, архангельской силой низвергнутые, стремглав со стонами и визгом полетели вниз из антресолей. Затем истерзанная и обожженная старуха, лежа связанная на полу в комнате, в которой свистал и бушевал предрассветный ветер, впала в долгий и тяжелый обморок, в котором все события катастрофы для нее сгладились и исчезли. Связанная девушка, остававшаяся безмолвною свидетельницей всей этой истории, видела только, что когда в комнату хлынул сильный ветер, икона сорвалась со стены, выпала из образника, разбила стекло и горящую лампаду и затем, качнувшись из угла на угол, стала нижним ребром на подугольном столике.

Но разбойники видели совсем другое.

Пойманные на другой день войсками в лесу, они возвратили все заграбленное у Плодомасовой добро и показали, что в плодомасовском доме их страшно покарал за их вину Николай-угодник.

Они уверяли, что как только старая Плодомасиха крикнула святителю «Поспешай!», то из-за иконы мгновенно сверкнули молоньи, и икона эта вышла из своего места и пошла на них по воздуху, попаляя их и ослепляя сиянием, которого им перенесть было невозможно.

Марфе Андревне возвратили ее добро; а природа возвратила ей ее здоровье; не возвратилось только здоровье к подруге ее несчастия.

Но для того чтобы не нарушать последовательности нашего рассказа, возвратимся к темной ночи разбойничьего нападения на дом Плодомасовой и войдем в обезображенные холодные покои антресолей, где Марфа Андревна и свидетельница ее страданий остаются связанными и бесчувственными.

Глава десятая
Сын, стоивший своей матери жизни

Несчастная девушка, разделявшая с Марфой Андревной все ужасы прошедшей ночи, поплатилась за это жизнью. Несмотря на то, что она только лежала связанною и не подверглась от разбойников никаким другим истязаниям, она не выдержала и к утру начала терзаться многотрудными, несчастными, преждевременными родами, которые перенесть ей было тем тяжче, что она лежала скрученная по всем суставам и едва высвободила из-под тугой повязки рот, чтобы облегчать свои страдания стоном.

Эти вопли и стоны вывели Марфу Андревну из обморока, и это было к счастию обеих – иначе обе несчастные женщины провалялись бы здесь бог весть до какого времени. В пустынный сад теперь забрести было некому, и нельзя было ожидать, чтобы кто-нибудь заметил выбитое на антресолях окно; а покоевые слуги и сенные девушки, вероятно, тоже или побиты, или заперты, или связаны, или же, если их эта беда и обминула, то тогда они не знают ничего и никто из них не посмеет взойти наверх, пока их боярыня не сошлет вниз свою покоевку и кого-нибудь к себе не потребует.

Марфа Андревна все это сообразила и увидела совершенную невозможность ожидать никакой сторонней помощи ни для себя, ни для другой мученицы, которая теперь еще более ее нуждалась во всяком пособии. Изувеченная боярыня решила сама себе помогать: она прежде всего приподняла с полу свои руки и хотела на них опереться, но вывернутые в суставах руки ей не повиновались. Старушка прислонилась к полу ногами, но обожженные подошвы ее ног тоже сказали ей, чтобы она на них не надеялась. Ноги Плодомасовой от самых икр до пальцев были, как сплошным янтарем, унизаны бесконечными обжогами, из которых многие уже начинали лопаться и открывали зияющие раны.

В распоряжении Марфы Андревны оставались одни колени, на них еще можно было кое-как опереться. Марфа Андревна приподнялась с неимовернейшими страданиями и поползла к роженице на коленях. Ползучи, она несла перед собою свои вывихнутые и в настоящее время ни к чему не пригодные руки.

Доползши до роженицы, Плодомасова увидала только одну совершенную невозможность освободить мученицу от связывающих ее прочно уз и, сказав ей: «Терпи, друг! терпи, друг!» сама таким же точно образом, на коленях заколтыхала снова через все антресоли к лестнице; сползла на груди вниз по ступеням и, наконец, достигла запертых нижних дверей и застучала в них головою.

Долго Марфе Андревне приходилось стучать; но, наконец, внизу дома послышалась тревога: очередные истопники, застав дом запертым, смекнули, что что-то неладно, выломали двери, отперли одних, развязали других, и поднялся говор и суета.

Марфа Андревна, стоя на коленях внизу лестницы, все-таки продолжала стучать головою в дверь и была, наконец, услышана.

Двери, разделявшие ее с ее слугами, были выломаны, и Марфа Андревна поднята на руки своих верных рабов и рабынь.

Она послала наверх женщин и повитуху, а себе потребовала теплую баню и костоправку.

Истопили баню, набили в большое липовое корыто мыльнистой пены, вложили в него Марфу Андревну и начали ее расправлять да вытягивать. Кости становились на места, а о мясе Марфа Андревна не заботилась. Веруя, что живая кость обрастет мясом, она хлопотала только поскорее выправиться и терпеливо сносила без малейшего стона несносную боль от вытягиваний и от ожогов, лопавшихся в мыльнистой щелочи.

Между тем как костоправка вытягивала и ломала в

бане Марфу Андревну, сенная девушка, разделявшая с боярыней ужасы этой ночи, родила еле дававшего признаки жизни семимесячного мальчика. Дитя было без ногтей, без век и без всякого голоса. Никаким образом нельзя было сомневаться, что дитя это жить не может. В этом никто и не сомневался, а о матери его нечего было и разговаривать: она только и дожила, пока взнесли на коврах на антресоли Марфу Андревну; поцеловав похолодевшими устами боярынину руку, крепостная красавица скончалась, не сказав никому ни одного слова. Марфа Андревна тотчас же снова распорядилась: она велела подать себе из кладовой круг восковых свечей, отсчитала по свечке на каждую семью своих подданных и послала разложить эти свечки на окны изб и дворовых клетей. Как только вечерний сумрак спустился на село Плодомасово, все его подслеповатые окна озарились красным пламенем тысячи свечек, и тысяча душ сразу послали небу молитву по усопшей.

Глава одиннадцатая
Плодомасова доканчивает дело природы и начинает иные деиствования

Марфа Андревна велела показать себе недоношенного внука, взглянула на него, покачала сомнительно головой и потребовала себе из своей большой кладовой давно не употребляющуюся кармазинную бархатную шубку на заячьем меху. Ребенка смазали теплым лампадным маслом и всунули в нагретый рукав этой шубки, а самую шубу положили в угол теплой лежанки, у которой стояла кровать Марфы Андревны. Здесь младенец должен был дозреть.

Марфа Андревна согревала таким образом внука в течение полутора месяца, а в течение этого срока внучок научился подавать слабый голосок, и стал ему тесен рукав бабушкиной шубы, заменявшей ему покинутые им до срока ложесна матери.

В течение этого же срока поправилась и Марфа Андревна и написала в Петербург сыну следующее послание: «Извещаю тебя, милый друг мой Алиошинька, что я нынче щедротами всевышнего бога чувствую себя здоровой, но, по отпуске тебе прошедшего письма, была у самого гроба и прошла половину мытарств: была у меня в доме бунтовщичья сволочь и грозили мне всякими бедами, но бог и святой угодник ни до чего худого меня от них не допустили. Пограбление их мне все назад возвращено, а здоровье мое опять слава богу; врагам же сим, слышно, оскудело оружие вконец, и самая память о них вскоре погибнет с шумом. А еще уведомляю тебя, что известная тебе девушка моя, к крайнему моему огорчению, скончалась. Она в ту ночь от перепуга обронила дитя незрелое, но я сие дитя со всяким старанием сберегла и сохраняла его с лишком сорок дней в рукаве моей заячьей шубки, и оно там вызрело и, полагать надо, по воле всевышнего намерено жить. Окрещен же сей младенец известным тебе отцом Алексеем осторожно, не погружением, а полит с чайного блюдца, и назван Парменом, так как такое имя значилось в метрике, которую дворецкий Силуян достал мне у бедных дворян Тугановых на их сына, что почти вровень с сим всего за месяц у них родился и наскорях затем умер. Мертвым поместили нашего, а сего сделали живым. Дело сие я устроила к общему удовольствию как своему, так и дворян Тугановых, коим сие все равно, а я им подарила за то деревушку Глаголиху с восемьюдесятью мужиками».

Осенью следовавшего за сим года Алексей Никитич получил от матери другое письмо самого неожиданного содержания: «По отпуске к тебе последнего письма моего, – писала Марфа Андревна, – много все еще я заботилась и хлопотала, но живу, благодаря создателя, весьма довольна и в спокойствии. Живая моя живуличка все так и просится на живое стуличко и с моих колен, когда не спит, мало и сходит. Божьим дитем сим, не знаю тебе как и сказать, сколь я довольна и, чтобы веселей его тешить, купила у одной соседней госпожи двух маленьких карлов настоящей русской природы из крепостных: оба очень не велики и забавны; мужчинка называется Николай, а карлица Марья. Карлик умнее, а девчушка изрядно с придурью, – за пару триста рублей дала, – вырастет мальчик, будет с кем играть. Я, друг мой, полагаю так, что теперь нам с тобой опять бы время повидаться, но только лучше, думаю, мне к тебе съездить, чтобы от службы тебя не отрывать, да и от веселостей, о коих при дворе императрицы описываешь; а потому жди меня к себе в Питер по первопутку, ибо в Москве буду малое время, а хочу видеть, что там у вас будет происходить перед рождеством, пробуду святки, – кстати привезу тебе показать и новокупленных карликов».

Как только выпал снег и установился зимний первопуток, Марфа Андревна действительно припожаловала в Петербург, и припожаловала с немалою свитою.

Кроме лакеев, истопников и сенных девушек и самоварниц, за Марфою Андревной в петербургскую квартиру молодого Плодомасова вбирались два крошечных человечка: оба в кашемировых бухарских бешметах, – не разобрать, не то мужчины это, не то женщины. Это были карлики Николай Афанасьич и Марья Афанасьевна, приобретенные Марфой Андревной для забавы новорожденного внука, которого сзади всего несла большая толстая мама.

– Это что же такое, матушка? – неосторожно осведомился Плодомасов, не замечая закрытого маминой шубой ребенка.

– А это, друг мой, здесь дворянин Пармен Семеныч Туганов. Подай-ка его сюда, баба!

Мама вывернула из шубы цветущего розового младенца и подала его Марфе Андревне, которая тотчас же посадила его верхом на колени и, держа его за толстые ручонки, стала его качать, напевая:

Тарадан, тарадан,
Села баба на баран,
Поехала по горам:
Встретились гости,
Рассыпались кости.
Стой, баба, не беги,
Подай мои пироги,

С лучком, с мачком,
С Козиным бобочком.
Хоп! пошел!

Плодомасова поцеловала расхохотавшегося мальчишку и, бросив его на руки стоявшего перед нею сына, тихо шепнула ему:

– Видишь... у бабки на лежанке в заячьем рукаве доспел!.. Понеси его к образу да благослови.

Оставив ребенка на руках отца, Марфа Андревна кивнула людям и пошла в дальние комнаты переодеваться.

Среди опустелого покоя остались гвардеец Алексей Плодомасов и на его руках дворянин Пармен Туганов. Глядя друг на друга, оба они, казалось, были удивлены, и оба молчали.

Очерк третий
Плодомасовские карлики[1]

Глава первая
Николай Афанасьевич умнее и Марья Афанасьевна с придурью

У старогородского городничего Порохонцева был именинный пирог, и по этому случаю были гости: два купца из богатых, чиновники и из духовенства: среброкудрый протоиерей Савелий Туберозов, маленький, кроткий, паче всех человек, отец Бенефисов и непомерный дьякон Ахилла. Все, и хозяева и гости, сидели, ели, пили и потом, отпав от стола, зажужжали. В зале стоял шумный говор и ходили густые облака табачного дыма. В это время хозяин случайно глянул в окно и, оборотясь к жене, воскликнул:

– Оля! смотри, мой дружок, тебе бог посылает еще каких-то новых гостей!

Такое восклицание вызвало всеобщее любопытство: все, кто был в комнате, встали с мест, подошли к окнам и остановились, вперя взоры вдаль, на крутой спуск, по которому осторожно сползает, словно трехглавый змей, могучая, рослая тройка больших медно-красных коней. Коренник мнется и тычет ногами, как старый генерал, подходящий, чтобы кого-то распечь: он то скусит губу налево, то скусит направо, то встряхнет головой и опять тычет и тычет; пристяжные вьются и сжимаются, как спутанные; малиновый колокольчик шлепнет колечком в край и снова прилип и молчит; бубенчики глухо рокочут,

---

1 Здесь должен чувствоваться большой перерыв в Плодомасовской хронике. Наступающий очерк представляет эпоху гораздо позднейшую, когда Плодомасова уже умерла. Глубокое старчество Марфы Андревны передается лишь устами ее фаворитного карлика Николая Афанасьевича. Очерк этот *частию* вошел в хронику «Соборяне» (*прим. Лескова*).

но без всякого звона. Но вот этот трехглавый змей сполз, показались хребты коней, махнул в воздухе хвост пристяжной из-под ветра; тройка выравнялась и понеслась по мосту, мерно и в такт ударяя подковами о звонкие доски. Показались золоченая дуга с травленою распиской и большие, бронзой кованные троечные дрожки гитарой. На дрожках рядком, как сидят на козетках, сидели два маленькие существа: одно мужское и одно женское; мужчина был в темно-зеленой камлотовой шинели и в большом картузе из шляпного волокнистого плюша, а женщина – в масаковом гроденаплевом салопе с большим бархатным воротником лилового цвета и в чепчике с коричневыми лентами.

– Боже, да это плодомасовские карлики!

– Не может быть!

– Смотрите сами!

– Точно, точно они!

– Да как же: вон Николай-то Афанасьич, глядите, увидал нас и кланяется; а вон и Марья Афанасьевна кивает.

Такие возгласы раздались со всех сторон при виде карликов, и все, словно невесть чему, обрадовались их приезду. Хозяева захлопотали, возобновляя для новых гостей завтрак, а прежние гости внимательно смотрели на двери, в которые должны были показаться маленькие люди. И они, наконец, показались. Впереди шел старичок ростом с небольшого, осьмилетнего мальчика, за ним старушка, немного побольше. Старичок был весь чистота и благообразие: на лице его не было ни желтых пятен, ни морщин, обыкновенно портящих лица карликов; у него была очень пропорциональная фигурка, круглая как шар головка, покрытая совершенно белыми, коротко остриженными волосами, и небольшие коричневые медвежьи глазки. Карлица была лишена приятности брата: она была одутловата, у нее был глуповатый, чувственный рот и тупые глаза.

На карлике Николае Афанасьевиче, несмотря на жаркое, летнее время, были надеты теплые плисовые сапожки, черные панталоны из лохматой байки, желтоватый фланелевый жилет и коричневый фрак с металлическими пуговицами. Белье его было безукоризненной чистоты, и белые, бескровные щечки его туго поддерживал высокий атласный галстук. Карлица была в шелковом зеленом капоте и большом кружевном воротнике городками.

Николай Афанасьевич, войдя в комнату, вытянул свои ручки по швам, потом приподнес правую руку с картузом к сердцу, шаркнул ножкой об ножку и, направляясь вразвалец прямо к имениннице, проговорил тихим и ровным старческим голоском:

– Господин наш Алексей Никитич Плодомасов и господин Пармен Семеныч Туганов от себя и от супруги своей изволили приказать нам, их слугам, принести вам, сударыня Ольга Арсентьевна, их поздравление. Сестрица, повторите! – отнесся он к стоявшей возле него сестре, и когда та кончила свое поздравление, Николай Афанасьевич шаркнул городничему и продолжал: – А вас, сударь Воин Васильевич, и всю честную компанию, с дорогою именинницей! И затем, сударь, имею честь доложить, что, прислав нас с сестрицей для принесения вам их поздравления, и господин мой и Пармен Семеныч Туганов просят извинения за наше холопье посольство, но сами теперь в своих минутах не вольны и принесут вам в том извинение сегодня вечером.

– Пармен Семеныч будет здесь! – воскликнул городничий.

– Вместе с господином моим Алексеем Никитичем Плодомасовым, проездом в Петербург; просят простить, что заедут к вам в дорожном положении.

В обществе началась суета, пользуясь которою карлик подошел под благословение к большому протопопу Туберозову и тихо проговорил:

– Пармен Семеныч просили вас, отец протоиерей, побывать вечером сюда.

– Скажи, голубчик, буду, – отвечал Туберозов.

Карлик взял благословение у маленького, кроткого паче всех человек отца Захария, потом протянул ручку Ахилле и, улыбнувшись, проговорил:

– Только сделайте милость, сударь, отец дьякон, силы

не пробуйте.

– А что, Николай Афанасьич, разве он того... здоров? – пошутил с карликом хозяин.

– Силку свою, сударь, все пробовать любят-с, – отвечал старичок. – Есть над кем – над калечкой силиться!

– А что ваше здоровье, Николай Афанасьич, – пытали карлика дамы, окружая его со всех сторон и пожимая ему ручонки.

– Какое, милостивые мои государыни, здоровье! Смех отвечать: точно поросенок стал; Петровки на дворе, а я все зябну.

– Зябнете!

– Да как же-с: вот как кролик, весь в мешок, весь в заячий зашит. Да и чему дивиться, прекрасные госпожи, – осьмой десяток лет уж совершил, ненужный человек.

Николая Афанасьевича наперебой засыпали вопросами о различных предметах, усаживали, потчевали всем; он отвечал на все вопросы умно и находчиво, но отказывался от всех угощений, говоря, что давно уже ест мало, и то однажды в сутки.

– Вот сестрица, они покушают, – проговорил он и тотчас же, обратясь к сестре, добавил: – Садитесь, сестрица, кушайте! Когда просят хозяева, чего церемониться? Вы, может быть, без меня не хотите, так позвольте мне, сударыня Ольга Арсентьевна, морковной начиночки из пирожка на блюдце... Вот так, довольно-с, довольно! Теперь, сестрица, кушайте, а с меня довольно. Меня нынче, государи мои, и кормить-то уж не за что – нитяного чулка, и того вязать не в состоянии. Лучше гораздо сестрицы вязал когда-то, а нынче стану вязать, всё петли спускаю.

– А бывало, Никола, ты славно вязал! – отозвался Туберозов, весь оживившийся и повеселевший с прибытием карлика.

– Ах, отец Савелий, государь! Время, государь, время. – Карлик улыбнулся и договорил шутя: – Строгости надо мной, государь, не стало; избаловался после смерти, моей благодетельницы. Что! хлеб-соль готовые, кров теплый – поел казак да на бок, с того казак и гладок.

Протопоп Туберозов посмотрел в глаза карлику с

счастливою улыбкой и сказал:

– Вижу я тебя, Никола, словно милую сказку старую перед собой вижу, с которою умереть бы хотелось.

– А она, батушка (он говорил *у* вместо *ю*), она, сказка-то добрая, прежде нас померла.

– А забываешь, Николушка, про госпожу-то свою? Про боярыню-то свою, Марфу Андревну, забываешь? – проговорил, юля около карлика, дьякон Ахилла, которого Николай Афанасьевич не то чтобы не любил, а как бы опасался и остерегался.

– Забывать, сударь отец дьякон, стар, сам к ней, к утешительнице моей, служить на том свете собираюсь, – отвечал карлик очень тихо и неспешно и с легким только полуоборотом в сторону Ахиллы.

– Утешительная, говорят, была старуха, – отнесся безразлично ко всему собранию дьякон.

– Ты это в каком же смысле берешь ее утешительность? – спросил Туберозов.

– Забавная!

Протопоп улыбнулся и махнул рукой, а Николай Афанасъевич поправил Ахиллу, твердо сказав ему:

– Утешительница, сударь, *утешительница,* а не забавница.

– Что ты ему бесплодно внушаешь, Никола! ты лучше расскажи, как она тебя ожесточила-то, как откуп-то сделала, – посоветовал протопоп.

– Что, отец протопоп, старое это, сударь.

– Наитеплейше это у него выходит, когда он рассказывает, как он ожесточился, – обратился Туберозов к присутствующим.

– А уж так, батушка, она, госпожа моя, умела человека и ожесточить и утешить. И ожесточила и утешила, как разве только один ангел господень может утешить, – сейчас же отозвался карлик. – В сокровенныя души, бывало, человека проникнет и утешит, а мановением своим вся благая для него и совершит.

– А ты в самом деле расскажи, как это ты ожесточен был.

– Да расскажи, Николаша, расскажи!

– Что ж, милостивые государи, смеетесь ли вы или не смеетесь, а вправду интересуетесь об этом слышать, но если вся компания желает, я ослушаться не смею, расскажу.

– Пожалуйста, Николай Афанасьич, рассказывай.

– Расскажу, – отвечал, улыбнувшись, карлик, – расскажу, потому что повесть эта даже и приятная.

С этими словами карлик начал.

Глава вторая
Николай Афанасьевич в ожесточении

– Это всего было через год, как они меня у прежних господ купили. Я прожил этот годок в грусти, потому был отторгнут, знаете, от фамилии. Разумеется, виду этого, что грущу, я не подавал, чтобы как помещице в том не донесли или бы сами они не заметили, но только все это было втуне, потому что покойница, по большому уму своему, все это провидели. Стали приближаться мои именины, она и изволит говорить:

«Какой же, – говорит, – я тебе, Николай, подарок подарю?»

«Матушка, – говорю, – какой же мне еще, глупцу, подарок? Я и так всем свыше главы моей доволен».

«Нет, – изволят говорить, – я думаю хоть рублем одарить».

Что ж, я отказываться, разумеется, не посмел, поцеловал ее ручку, говорю: «Много, говорю, вашей милостью взыскан», и сел опять чулок вязать. Я еще тогда хорошо глазами видел, и что Марфа Андревна, что я, заравно такие самые нитяные чулки на господина моего Алексея Никитича в гвардию вязал. Вяжу, сударь, так-то и в этот час чулок, да и заплакал. Бог знает отчего заплакал, так, знаете, вспомнилось что-то про родных, перед днем ангела, и заплакал. А Марфа Андревна видят это, потому что я напротив их кресла на скамеечке всегда вязал, и спрашивают:

«Что ж ты это, – изволят говорить, – нынче, Николаша, плачешь?»

«Так, – отвечаю, – матушка, что-то слезы так...» – да и,

знаете, что им доложить-то, отчего плачу, и не знаю.

Встал, ручку их поцеловал, да и опять сел на свою скамеечку.

«Не извольте, – говорю, – сударыня, обращать взоров ваших на эту слабость, это я так, сдуру, эти мои слезы пролил».

И опять сидим да работаем; и я чулок вяжу, и они чулочек вязать изволят. Только вдруг они этак повязали и изволят спрашивать:

«А куда ж ты, Николай, рубль тот денешь, что я тебе завтра подарить хочу?»

«Тятеньке, – говорю, – сударыня своему при верной оказии отправлю».

«А если, – говорят, – я тебе два подарю?»

«Другой, – докладываю, – маменьке пошлю».

«А если три?»

«Братцу, – говорю, – Ивану Афанасьевичу».

Они покачали головкой, да и изволят говорить:

«Много же как тебе, братец, денег-то надо, чтобы всех оделить! Это ты, такой маленький, этого и век не заслужишь».

«Господу, – говорю, – было угодно таким создать меня», – да с сими словами и опять заплакал; опять сердце, знаете, сжалось: и сержусь на свои слезы и плачу.

Они же, покойница, глядели, глядели на меня и этак молчком меня к себе одним пальчиком и поманули: я упал им в ноги, а они положили мою голову в колени, да и я плачу, и они изволят плакать. Потом встали, да и говорят:

«Ты не ропщешь, Николаша, на бога?»

«Никогда, – говорю, – матушка, на создателя своего не ропщу».

«Ну, он, – изволят говорить, – тебя за это и утешит».

Встали они, знаете, с этим словом, велели мне приказать, чтобы к ним послали бурмистра Дементия, в их нижний кабинет, и сами туда отправились.

«Не плачь, – говорят, – Николаша, – тебя господь утешит».

И точно утешил.

При этом Николай Афанасьевич заморгал частенько

своими тонкими веками и вдруг проворно соскочил со стула, отбежал в уголок, взмахнул над глазами своими ручками, как крылышками, отер белым платочком слезы и возвратился со стыдливою улыбкой на прежнее место. Усевшись снова, он начал другим, несколько торжественным голосом:

– Обновился майский день моего ангела, девятого числа мая; встаю я, судари мои, рано; вышел на цыпочках, потихоньку умылся, потому что я у них, у Марфы Андревны, в ножках за ширмою, на ковре спал; оделся, да и пошел в церковь. Я имел то намерение, чтоб отстоять заутреню и обедню, а после у отца Алексея, как должно моему ангелу, молебен отслужить. Вошел я, сударь, в церковь и прошел прямо в алтарь, чтоб у отца Алексея благословение принять, и вижу, что покойник отец Алексей как-то необыкновенно как радостны в выражении и меня шепотливо поздравляют «с великою радостию». Я, поистине вам доложу, я все это отнес, разумеется, к праздничному дню и к именинам моим. Но что ж тут, государи мои, воспоследовало! Выхожу я с просфорою на левый клирос, так как я с покойным дьячком Ефимычем на левом клиросе пел, и вдруг мне в народе представились и матушка, и отец, и братец мой Иван Афанасьевич. Батюшку-то с матушкой я в народе еще и не очень вижу, но братец Иван Афанасьевич, как он был… этакой гвардион, – я его сейчас увидал. Думаю: это видение, потому что очень уж я желал их в этот день видеть, – но нет, не виденье! Вижу, маменька, – крестьянка оне были, – так и ударяются, плачут. Думаю, верно, у своих господ они отпросились и издалека пришли с своим дитей повидаться. Разумеется, я, чтобы благочиния церковного не нарушать, ушел скорей совсем в алтарь, так и обедня по чину, как должно, кончилась, и тогда… Вот только чтоб эти слезы дурацкие опять рассказать не мешали! – проговорил, быстро обмахнув платочком глаза, Николай Афанасьевич. – Выхожу я, сударь, после обедни из алтаря, чтобы святителю молебен петь, а смотрю, пред аналоем с иконою стоит сама Марфа Андревна, к обедне пожаловала, а за нею сестрица Марья Афанасьевна, родители мои и братец.

Стали петь «святителю отче Николае», и вдруг отец Алексей на молитве всю родню мою поминает. Очень я был, сударь, всем этим тронут. Отцу Алексею я, по состоянию своему, что имел заплатил, хотя они и брать не хотели, но это нельзя же даром молиться, – да и подхожу к Марфе Андревне, чтоб ее поздравить. А они меня тихонько ручкой от себя отстранили и говорят:

«Иди прежде родителям поклонись».

Я повидался с отцом, с матушкой, с братцем, и все со слезами. Сестрица Марья Афанасьевна (Николай Афанасьевич с ласковою улыбкой указал на сестру), сестрица ничего – не плачут, потому что у них характер лучше, а я слаб и плачу. Тут, батушка, выходим мы на паперть, госпожа моя Марфа Андревна достают из карманчика кошелечек кувшинчиком, и сам я видел даже, как они этот кошелечек вязали, да не знал, разумеется, кому он.

«Одари, – говорят мне, – Николаша, свою родню».

Я начинаю одарять: тятеньке серебряный рубль, маменьке рубль, братцу Ивану Афанасьевичу рубль, и все новые рубли; а в кошелечке и еще четыре рубля.

«Это, – говорю, – матушка, для чего прикажете?»

А ко мне, гляжу, бурмистр Дементий и подводит и невестушку и трех ребятишек, все в свитках. Всех я, по ее великой милости, одаряю, как виночерпий и хлебодар, что в Писании. Ну-с, одарил, и пошли мы домой из церкви все: покойница госпожа, и отец Алексей, и я, сестрица Марья Афанасьевна, и родители, и все дети братцевы. Сестрица Марья Афанасьевна опять и здесь идут ничего, разумно, ну а я, глупец, все и тут, сам не знаю чего, рекой разливаюсь, плачу. Но все же, однако, я, милостивые государи, до сих пор хоть и плакал, но шел благоприлично за госпожой; но тут, батушка, у крыльца господского, вдруг смотрю, вижу, стоят три подводы, лошади запряжены разгонные господские Марфы Андревны, а братцевы две лошаденки сзади прицеплены, и на телегах, вижу, весь багаж моих родителей и братца. Я, батушка, этим смутился и не знаю, что думать, что это значит? Марфа Андревна до сего времени, идучи с отцом Алексеем, все о покосах изволили разговаривать и внимания на меня будто не обращали, а тут вдруг ступили ножками на крыльцо, оборачиваются ко мне и изволят говорить такое слово: «Вот тебе, слуга мой верный, отпускная, пусти своих стариков и брата с детьми на волю», и... и... бумагу-то эту... отпускную-то... за жилет мне и положили... Ну, уж этого я не перенес... (Николай Афанасьевич приподнял руки вровень с своим лицом и заговорил):

«Ты, – говорю ей в своем безумии – жестокая, – говорю, – ты жестокая! За что, говорю, – ты хочешь раздавить меня своей благостью!» – и тут грудь мне перехватило, виски заныли, в глазах по всему свету замелькали лампады, и я без чувств упал у отцовских возов с тою отпускной.

– Ах, старичок прелестный! – воскликнул растроганный дьякон Ахилла, хлопнув по плечу Николая Афанасьевича.

– Да-с, – продолжал, вытерев себе ротик, карлик. – А пришел-то я в себя уж через девять дней, потому что горячка у меня сделалась. Осматриваюсь и вижу, госпожа сидят у моего изголовья и говорят: «Ох, прости ты меня Христа ради, Николаша: чуть я тебя, сумасшедшая, не убила!» Так вот-с она какой великан-то была, госпожа Плодомасова!

– Ах ты, старичок прелестный! – опять воскликнул дьякон Ахилла, схватив Николая Афанасьевича в шутку за пуговичку фрака и как бы оторвав ее.

Карлик молча попробовал эту пуговицу и, удостоверившись, что она цела и на своем месте, сказал:

– Да-с, да, ничтожный человек, а заботились обо мне, доверяли; даже скорби свои иногда открывали, когда в разлуке по Алексее Никитиче скорбели. Получат, бывало, письмо, сейчас сначала скоро-скоро пошепотом его пробежат, а потом и всё вслух читают. Оне сидят читают, а я перед ними стою, чулок вяжу да слушаю. Прочитаем и в разговор сейчас вступим:

«Теперь его в офицеры, – бывало, скажут, – должно быть, скоро произведут».

А я говорю:

«Уж по ранжиру, матушка, непременно произведут».

«Тогда, – рассуждают, – как ты думаешь: ему ведь больше надо будет денег посылать?»

«А как же, – отвечаю, – матушка? обойтись без того никак нельзя, непременно тогда надо больше».

«То-то, – скажут, – нам ведь здесь деньги все равно и не нужны».

«Да нам, мол, они на что же, матушка, нужны!»

Тут Николай Афанасьевич щелкнул пальчиками и, привздохнув, с озабоченнейшей миной проговорил:

– А сестрица Марья Афанасьевна в это время молчат, покойница на них за это сейчас и разгневаются, – сейчас начинают деревянностью попрекать: «Деревяшка ты, скажут, деревяшка! Недаром мне тебя за братом-то твоим без денег в придачу отдали».

Николай Афанасьевич вдруг спохватился, покраснел и, повернувшись к своей тупоумной сестре, проговорил:

– Вы простите меня, сестрица, что я это рассказываю?

– Сказывайте, ничего, сказывайте, – отвечала, водя языком за щекою, Марья Афанасьевна.

– Сестрица, бывало, расплачутся, – продолжал Николай Афанасьевич, – а я ее куда-нибудь в уголок или на лестницу тихонечко с глаз Марфы Андревны выманю и уговорю: «Сестрица, говорю, успокойтесь, пожалейте себя; эта немилость к милости», – потому что я ведь уж, бывало, знаю, что у нее все к милости. И точно, горячее да сплывчивое сердце их сейчас скоро, бывало, и пройдет: «Марья! – бывало, зовут через минутку. – Полно, мать, злиться-то. Чего ты кошкой-то ощетинилась? Иди, сядь здесь, работай». Вы ведь, сестрица, не сердитесь?

– Сказывайте, что ж мне? сказывайте, – отвечала Марья Афанасьевна.

– Да-с; тем, бывало, и кончено. Сестрица возьмут скамеечку, поставят у их ножек и опять начинают вязать. Ну, тут я уж, как это спокойствие водворится, сейчас подхожу к Марфе Андревне, попрошу у них ручку поцеловать и скажу: «Покорно вас, матушка, благодарим!» Сейчас, всё даже слезой взволнуются.

«Ты у меня, – говорят, – Николай, нежный. Отчего это

только, я понять не могу, отчего она у нас такая деревянная?» – скажут опять на сестрицу. – А я, – продолжал Николай Афанасьевич, улыбнувшись, – я эту речь их сейчас, как секретарь, под сукно, под сукно. «Сестрица! – шепчу, – сестрица, просите скорей ручку поцеловать!»

Марфа Андревна услышат, сейчас и конец. «Сиди уж, мать моя, – скажут сестрице, – не надо мне твоих поцелуев», и пойдем колтыхать спицами в трое рук. Только и слышно, что спицы эти три-ти-ти-ти-три-ти-ти, да мушка ж-ж-жу-ж-жу-ж-жу пролетит. Вот в такой тишине невозмутимой, милостивые государи, в селе Плодомасове жили, и так пятьдесят пять лет вместе прожили.

Глава третья
Николай Афанасьевич сконфужен

– Ну, а вас же самих с сестрицей на волю Марфа Андревна не отпустила? – спросил судья Дарьянов карлика, когда тот окончил свою повесть и хотел встать.

– На волю? Нет, сударь Валерьян Николаич, меня не отпускали. Сестрица Марья Афанасьевна были приписаны к родительской отпускной, а меня не отпускали, да это ведь и к моей пользе все. Оне, бывало, изволят говорить: «После смерти моей живи где хочешь (потому что оне на меня капитал положили), а пока жива, я тебя на волю не отпущу».

«Да и на что, – говорю, – мне, матушка, она, воля? Меня на ней воробьи заклюют».

– Ах ты, маленький этакой! – воскликнул в умилении Ахилла.

– Да-с, конечно-с, заклюют, – подтвердил Николай Афанасьевич. – Вот у нас дворецкий Глеб Степанович, на волю их отпустили, они гостиницу открыли и занялись винцом, а теперь по гостиному двору ходят да купцам с конфетных билетиков стихи читают. Ничего прекрасного в этом нет.

– А он ведь, Николай-то Афанасьевич-то, он у нее во всем правая рука был. Крепостной, да не раб, а больше друг и наперсник, – отозвался Туберозов, желая возвысить этим отзывом значение Николая Афанасьевича и снова наладить разговор на желанную тему.

– Служил, батушка, отец протоиерей, по разумению своему угождал и берег их. В Москву и в Питер покойница езжали, никогда горничных с собою не брали. Терпеть женской прислуги в дороге не могли. Изволят, бывало, говорить: «Все эти Милитрисы Кирбитьевны квохчут да в гостиницах по коридорам расхаживают, а Николаша, говорят, у меня, как заяц, в углу сидит». Оне ведь меня за мужчину вовсе не почитали, а все, бывало, заяц.

Николай Афанасьевич рассмеялся и добавил:

– Да и взаправду, какой же я уж мужчина, когда на меня, извините, ни сапожков и никакого мужского платья готового нельзя купить, – не придется. Это и точно, их слово справедливое было, что я заяц.

– Но не совсем же она тебя всегда считала зайцем, когда хотела женить, – отозвался городничий Порохонцев.

– Да, это такое их господское желание, батушка Воин Васильевич, было, – проговорил, сконфузясь, карлик. – Было, сударь, – добавил он, все понижая голос, – было.

– Неужто, Николай Афанасьевич, было, – откликнулось разом несколько голосов.

Николай Афанасьевич потупил стыдливо взор себе в колени и шепотом проронил:

– Не могу солгать, действительно такое дело было.

Все, кто здесь были, разом пристали к карлику:

– Голубчик, Николай Афанасьевич, расскажите про это.

– Ах, господа, про что тут рассказывать, – отговаривался, краснея и отмахиваясь от просьб руками, Николай Афанасьевич.

Его просили неотступно, дамы его брали за руки, целовали его в лоб; он ловил на лету прикасавшиеся к нему дамские руки и целовал их, но все-таки отказывался от рассказа, находя его и долгим и незанимательным. Но вот что-то вдруг неожиданно стукнуло об пол; именинница, стоявшая в эту минуту пред креслом карлика, в испуге посторонилась, и глазам Николая Афанасьевича представился коленопреклоненный, с воздетыми кверху руками дьякон Ахилла.

– Душечка, душка, душанчик, – мотая головой, выбивал Ахилла.

– Что вы? Что вы это, отец дьякон? – заговорил, быстро подскочив к дьякону, Николай Афанасьевич.

Стоя на своих ножках, карлик был на вершок ниже коленопреклоненного Ахиллы, который, обняв его своими руками, крепко целовал и между поцелуями барабанил:

– Никола… Николаша… Николавра… если ты… не расскажешь, как тебя женить хотели… то ты просто не друг кесарю!

– Скажу, скажу, все расскажу, только поднимайтесь, отец дьякон.

Ахилла встал и, обмахнув с рясы пыль, самодовольно возгласил:

– А то говорят: *не расскажет!* С чего так, не расскажет? Я сказал: *выпрошу,* вот и выпросил. Теперь, господа, опять по местам, и чтоб тихо, а вы, хозяйка, велите Николавре стакан воды с червонным вином, как в домах подают.

Все уселись, Николаю Афанасьевичу подали стакан воды, в который он сам опустил несколько капель красного вина и начал:

– Это, господа, было вскоре после французского замирения, как я со в бозе почивающим государем императором разговаривал.

– Вы с государем разговаривали? – перебили рассказчика несколько голосов.

– А как бы вы изволили полагать? – отвечал с тихой улыбкой карлик. – С самим императором Александром Первым, имел честь отвечать ему.

– Ха-ха-ха! Вот, бог меня убей, шельма какая у нас этот Николавра! – взвыл вдруг от удовольствия дьякон Ахилла и, хлопнув себя ладонями по бедрам, добавил: – Глядите на него, а он, клопштос, с царем разговаривал!

– Сиди, дьякон, сиди! – спокойно и внушительно произнес Туберозов.

Ахилла показал руками, что он более ничего не

скажет, и сел.

Рассказ начался.

Глава четвертая
Николай Афанасьевич во всей славе своей

– Это как будто от разговора моего с государем императором даже и начало имело, – спокойно заговорил Николай Афанасьевич. – Госпожа моя, Марфа Андревна, имела желание быть в Москве, когда туда ждали императора после победы над Наполеоном. Разумеется, и я, по их воле, при них находился. Оне, покойница, тогда уже были в больших летах и, по нездоровью своему, стали несколько стропотны, гневливы и обидчивы. Молодым господам в доме у нас было скучно, и покойница это видели и много на это досадовали. Себе этого ничего, бывало, не приписывают, а больше всех на Алексея Никитича сердились, – всё полагали, что не так, верно, у них в доме порядок устроен, чтобы всем весело было, и что чрез то их все забывают. Вот Алексей Никитич и достали маменьке приглашение на бал, на который государя ожидали. Марфа Андревна сейчас Алексею Никитичу ручку пожаловали и не скрыли от меня, что это им очень большое удовольствие доставило. Сделали оне себе наряд бесценный и мне французу-портному заказали синий фрак аглицкого сукна с золотыми пуговицами, панталоны – сударыни простите! – жилет и галстук белые; манишку с кружевными гофреями и серебрянные пряжки на башмаках, сорок два рубля заплатили. Алексей Никитич для маменькиного удовольствия так упросили, чтоб и меня туда можно было на бал взять. Приказано было метрдотелю, чтобы ввести меня в оранжерею при доме и напротив самого зала, куда государь взойдет, в углу поставить.

Так это, милостивые государи, все и исполнилось, но не совсем. Поставил меня, знаете, метрдотель в уголок у большого такого дерева, китайская пальма называется, и сказал, чтоб я смотрел, что отсюда увижу. А что оттуда увидать можно? Ничего. Вот я, знаете, как Закхей-мытарь, цап-царап, да и взлез на этакую невысокую скалу, из такого, знаете, из ноздреватого камня в виде натуральной сделана. Взлез я на нее на самый верх и стою под пальмой, за стволок-то держуся. В зале шум, блеск, музыка и распарады, а я хоть и на скале под пальмой стою, а все ничего не вижу, кроме как головы. Так ничего совсем уж и видеть не надеялся, но только вышло, что больше всех увидал. Вдруг-с все эти головы в залах засуетились, раздвинулись, и государь с князем Голицыным прямо и входят от жары в оранжерею. И еще-то, представьте, идет не только что в оранжерею, а даже в самый тот дальний угол прохладный, куда меня спрятали. Я так, сударыни, и засох. На скале-то засох и не слезу.

– Страшно? – спросил Туберозов.

– Как вам доложить, отец протопоп: не страшно, но и не нестрашно.

– А я бы убёг, – сказал, не вытерпев, дьякон Ахилла.

– Чего же, сударь, бежать?

– Чего бежать? Да потому, что никогда царской фамилии не видал, вот испугался б и убёг, – отвечал гигант.

– Ну-с, я не бегал, – продолжал карлик. – Не могу сказать, чтобы совсем ни капли не испугался, но не бегал. А его величество тем часом все подходят да подходят; я слышу, как сапожки на них рип, рип, рип; вижу уж и лик у них этакий тихий, взрак ласковый, да уж, знаете, на отчаянность, и думаю и не думаю: как и зачем это я пред ними на самом на виду являюсь? Так, дум совершенно никаких, а одно мленье в суставах. А государь вдруг этак голову повернули и, вижу, изволили вскинуть па меня свои очи и на мне их и остановили. Я думаю: что же я, статуя есть или человек? Человек. Я взял да и поклонился своему императору. Они посмотрели на меня и изволят князю Голицыну говорить по-французски: «Ах, какой миниатюрный экземпляр! Чей, любопытствуют, это такой?» Князь Голицын, вижу, в затруднительности, как их величеству ответить; а я, как французскую речь могу понимать, сам и отвечаю:

«Госпожи Плодомасовой, – говорю, – ваше императорское величество».

Государь обратились ко мне и изволят меня спрашивать:

«Какой вы нации?»

«Верноподданный, – говорю, – вашего императорского величества».

«Какой же вы уроженец?» – изволят спрашивать.

А я опять отвечаю:

«Из крестьян, – говорю, – верноподданный вашего императорского величества».

Император и рассмеялись.

«Bravo! – изволили пошутить, – bravo, mon petit sujet fidile»,[1] – и ручкой этак меня за голову взяли.

Николай Афанасьевич понизил голос и сквозь тихую улыбку шепотом добавил:

– Ручкою-то своей, знаете, взяли, обняли, а здесь... неприметно для них, пуговичкой своего обшлага нос-то мне ужасно чувствительно больно придавили.

– А ты же ведь ничего... не закричал? – спросил дьякон.

– Нет-с, как можно! Я-с, – заключил Николаи Афанасьевич, – только, как они выпустили меня, я поцеловал их ручку... что счастлив и удостоен чести, и только и всего моего разговора с их величеством было. А после, разумеется, как сняли меня из-под пальмы и повезли в карете домой, так вот тут уж все плакал.

– Отчего же ты в карете-то плакал? – спросил дьякон Ахилла.

– Да как же отчего? – отвечал, удивляясь и смаргивая слезы, карлик. – От умиления чувств плачешь.

– Да-а, вот отчего! – догадался Ахилла. – Ну, а когда ж про жененье-то?

– Ну-с, позвольте. Сейчас и про жененье.

Глава пятая
Николай Афанасьевич жених

– Только что это случайное внимание императора ко мне по Москве в больших домах разгласилось, покойница

1 Браво, мой маленький верноподданный *(франц.)* .

Марфа Андревна начали меня всюду возить и показывать, а я, истину вам докладываю, не лгу, был тогда самый маленький карлик во всей Москве. Но недолго это было-с, всего одну зиму...

В это время дьякон, ни с того ни с сего, вдруг оглушительно фыркнул и, свесив голову за спинку стула, тихо захохотал.

Заметя, что его смех остановил рассказ, Ахилла приподнялся и сказал:

– Нет, это ничего!.. Рассказывай, сделай милость, Николавра, – это я по своему делу смеюсь. Как со мной граф Кленыхин говорил.

Карлик молчал.

– Да ничего; говорите! – упрашивал Ахилла. – Граф Кленыхин новый семинарский корпус у нас смотрел, я ему, вроде вот как ты, поклонился, а он говорит: «Пошел прочь, дурак!» – вот и весь наш разговор. Вот чему я рассмеялся.

Николай Афанасьевич улыбнулся и стал продолжать. – На другую зиму, – заговорил он, – Вихиорова генеральша привезла из-за Петербурга чухоночку Метту Ивановну, карлицу, еще меньше меня на палец. Покойница госпожа Марфа Андревна слышать об этом не могли. Сначала всё изволили говорить, что эта карлица не натуральная, а свинцом будто опоенная; но как приехали и изволили сами Метту Ивановну увидать, и рассердились, что она этакая беленькая и совершенная. И во сне стали видеть, как бы нам Метту Ивановну себе купить, а Вихиорша, та слышать не хочет, чтобы продать. Вот тут Марфа Андревна и объясняют, что «мой Николай, говорят, умный и государю отвечать умел, а твоя, говорит, девчушка, что ж, только на вид хороша, а я в ней особенного ничего не нахожу». А генеральша говорят, что и во мне ничего особенного не видят, – так меж собой обе госпожи за нас и поспорят. Марфа Андревна говорят той: «продай», а эта им говорит, чтобы меня продать. Марфа Андревна вскипят вдруг: «Я ведь, – изволят говорить, – не для игрушки ее у тебя торгую: я ее в невесты на вывод покупаю, чтобы Николая на ней женить». А госпожа Вихиорова говорят: «Что же, я его и у себя женю». Марфа

Андревна говорят: «Я тебе от них детей дам, если будут», и та тоже говорит, что и оне Марфе Андревне пожалуют детей, если родятся. Марфа Андревна рассердятся и велят мне прощаться с Меттой Ивановной. А потом, день, два пройдет, Марфа Андревна опять не выдержат, заедем, и как только оне войдут, сейчас и объявляют: «Ну, слушай, матушка, я тебе, чтобы попусту не говорить, тысячу рублей за твою уродиху дам», а генеральша меня не порочат уродом, но две за меня Марфе Андревне предлагают. Пойдут друг другу набавлять и набавляют, набавляют, и потом рассердится Марфа Андревна, вскрикнет: «Я, матушка, своими людьми не торгую», а госпожа Вихиорова тоже отвечают, что и оне не торгуют, – так и опять велят нам с Меттой Ивановной прощаться.

До десяти тысяч рублей, милостивые государи, доторговались за нас, а все дело не подвигалось, потому что моя госпожа за ту дает десять тысяч, а та за меня одиннадцать. До самой весны, государи мои, так тянулось, и доложу вам, госпожа Вихиорова ужасно переломили Марфы Андревны весь характер. Скучают, страшно скучают! И на меня всё начинают гневаться: «Это ты, – изволят говорить, – сякой-такой пентюх, что девку в воображение ввести не можешь, чтобы сама за тебя просилась».

«Матушка, – говорю, – Марфа Андревна, да чем же, – говорю, – питательница, я могу ее в воображение вводить? Ручку, – говорю, – матушка, мне, дураку, пожалуйте!»

– Маленький, – прошептал сочувственно дьякон.

– Ну-с, так дальше больше, дошло до весны, – пора нам стало и домой в Плодомасово из Москвы собираться. Марфа Андревна опять приказали мне одеваться, и чтоб оделся я в гишпанское платье. Поехали к Вихиорше и опять не сторговались. Марфа Андревна говорят ей: «Ну, хоть позволь же ты своей каракатице, пусть они хоть походят вместе с Николашей перед домом». Генеральша на это согласилась, и мы с Меттой Ивановной по тротуару, на Мясницкой, против генеральшиных окон и гуляли. Марфа Андревна, покойница, и этому радовались, и всяких костюмов нам обоим нашли. Приедем, бывало, оне и приказывают: «Наденьте, Николаша с Меттой, пейзанские костюмы». Мы оба в деревянных башмаках; я в камзоле и в шляпе, а она в высоком чепчике, выстроимся парой и ходим, и народа на нас много соберется, стоит и смотрит. Другой раз велят нам одеться турком с турчанкой, – мы тоже опять ходим; или матросом с матроской, – мы и этак ходим. А то были у нас тоже медвежьи платьица, те из коричневой фланели, вроде чехлов сшиты. Всунут нас, бывало, в них, будто руку в перчатку, ничего, кроме глаз, и не видно, а на макушечках такие суконные завязочки ушками поделаны, треплются. Но в этих платьицах нас на улицу не посылали, потому там собаки... разорвать могли, а велят, бывало, одеться, когда обе госпожи за столом кофей кушают, и чтобы во время их кофею на ковре против их стола бороться. Метта Ивановна пресильная были, даром что женщина, но я, бывало, если им хорошенько подножку дам, она сейчас и слетят, но только я, впрочем, это редко делал; я всегда Метте Ивановне больше поддавался, потому что мне их жаль было по их женскому полу, да и генеральша сейчас, бывало, в их защиту, собачку болонку кличут, а та меня за голеняшки, а Марфа Андревна этого не снесут и сердятся... А тоже покойница заказали нам уже самый лучший костюм, он у меня и теперь цел – меня одели французским гренадером, а Метту Ивановну маркизой. У меня этакий кивер, медвежий меховой, высокий, мундир длинный, ружье со штычком и тесак, а Метте Ивановне роб и опахало большое. Я, бывало, стану в дверях с ружьем, а Метта Ивановна с опахалом проходят, и я им честь отдаю, и потом Марфа Андревна с генеральшею опять за нас торгуются, чтобы нас женить. Но только надо вам доложить, что все эти наряды и костюмы для нас с Меттой Ивановной всё моя госпожа на свой счет делали, потому что она уж наверное надеялись, что мы Метту Ивановну купим, и даже так, что чем больше она на нас двоих этих костюмов наделывали, тем больше уверялись, что мы ихние; а дело-то совсем было не туда.

Глава шестая
Николай Афанасьевич двуличный

– Пред самою весной Марфа Андревна говорят генеральше: «Что же это мы с тобою, матушка, делаем, ни Мишу, ни Гришу? Надо же, говорят, это на чем-нибудь нам кончить», да на том было и кончили, что чуть самих на Ваганьково кладбище не отнесли. Зачахли покойница, желчью покрылись, на всех стали сердиться, и вот минуты одной, какова есть минута, не хотят ждать: вынь да положь им Метту Ивановну, чтобы женить меня!

У кого в доме светлое Христово воскресение, а у нас тревога, а к красной горке ждем последний ответ и не знаем, как ей и передать его.

Тут-то Алексей Никитич, – дай им бог здоровья, уж и им это дело насолило, – видят, что беда ожидает неминучая, вдруг надумались и доложили маменьке, что Вихиоршина карлица пропала.

Марфе Андревне все, знаете, от этого легче стало, что уж ни у кого ее нет.

«Как же, – спрашивают, – она пропала?»

Алексей Никитич отвечают, что жид украл.

«Как? Какой жид?» – все расспрашивают.

Сочиняем им что попало: так, мол, жид этакий каштановатый, с бородою, все видели, взял да понес.

«Что же, – изволят спрашивать, – зачем же его не остановили?»

«Так, мол, – он из улицы в улицу, из переулка в переулок, так и унес».

«Да и она-то, – рассуждают, – дура какая, что ее несут, а она не кричит. Мой Николай ни за что бы, – говорят, – не дался».

«Да как же можно, – говорю, – сударыня, жиду сдаться!» Сам это говорю, а самому мочи нет совестно, что их обманываю; а оне уж, как ребенок, всему стали верить.

Но тут Алексей Никитич маленькую ошибку дали: намерение их такое сыновное было, разумеется, чтобы скорее Марфу Андревну со мною в деревню отправить, чтобы все это тут позабылось; они и сказали маменьке:

«Вы, – изволят говорить, – маменька, не беспокойтесь, ее найдут, потому что ее ищут, и как найдут, я вам сейчас и отпишу в деревню».

А покойница как это услыхали, сейчас за это слово и ухватились:

«Нет уж, – говорят, – если ищут, так я лучше подожду, я этого жида хочу посмотреть, который унес ее».

Тут, судари мои, мы уж квартального с собою лгать подрядили: тот всякий день приходит и врет, что ищут да не находят. Марфа Андревна ему всякий день синенькую, а меня всякий день к ранней обедне посылают, в церковь Иоанну Воинственнику молебен о сбежавшей рабе служить...

– Иоанну Воинственнику? Иоанну Воинственнику, говоришь ты, ходил молебен-то служить? – перебил карлика дьякон.

– Да-с, Иоанну Воинственнику.

– Это совсем не тому святому служил.

– Дьякон, сядь! Сядь, тебе говорю, сядь! – решил отец Савелий. – А ты, Николай, продолжай.

– Да что, батушка, продолжать, когда вся уж почти моя сказка и рассказана. Едем мы один раз с Марфой Андревной от Иверской божией матери, а генеральша Вихиорова и хлоп на самой Петровке навстречу в коляске, и Метта Ивановна с ними. Тут Марфа Андревна все поняли и... поверите, государи мои, или нет... тихо, но прегорько в карете заплакали.

Карлик замолчал.

– Ну, Никола! – подогнал его отец Савелий.

– Ну-с, а тут уж что ж, приехали домой и говорят Алексею Никитичу: «А ты, сын мой, говорят, выходишь дурак, что смел свою мать обманывать, да еще полицейского ярыжку, квартального приводил», и с этим велели укладываться и уехали.

– А вам же, – спросили Николая Афанасьевича, – вам ничего не досталось?

– Было-с, – отвечал старичок, – было. Своими устами прямо мне они ничего не изрекли, а все наметки давали. В обратный путь как ехали, то как скоро на знакомом постоялом дворе остановимся, они изволят про что-нибудь хозяйственное с дворником рассуждать да сейчас и вставят: «Теперь, говорят, прощай, – больше я уж в столицы не ездок, – ни за что, говорят, не поеду». – «Что ж так разгневались, сударыня?» – скажет дворник. А они: «Я, – изволят говорить, – гневаться не гневаюсь, да и никто там моего гнева, спасибо, не боится, но не люблю людей двуличных, а тем особенней столичных», да на меня при этом и взглянут.

– Ну-с?

– Ну-с, я уж это, разумеется, понимаю, что это на мой счет с Алексеем Никитичем про двуличность, – подойду, униженно вину свою чувствуя, поцелую ручку и шепну: «Достоин, государыня, достоин сего, достоин!»

– Аксиос, – заметил дьякон.

– Да-с, аксиос. Этим укоренением вины своей, по всякую минуту, их, наконец, и успокоил.

– Это наитеплейше! – воскликнул Туберозов.

Николай Афанасьевич обернулся на стульце ко всем слушателям и заключил:

– Я ведь вам докладывал, что история самая простая и нисколько не занимательная. А мы, сестрица, – добавил он, вставая, – засим и поедемте!

Глава седьмая
Николай Афанасьевич улетает, и с ним улетает старая сказка

Марья Афанасьевна стала собираться.

Все встали с места, чтобы проводить маленьких гостей, и беседа уже казалась совершенно законченною, как вдруг дьякон Ахилла опять выступил со спором, что Николай Афанасьевич не тому святому молебен служил.

– Это, отец дьякон, не мое, сударь, дело знать, – оправдывался, отыскивая свой пуховый картуз, Николай Афанасьевич. – Я в первый раз пришел в церковь, подал записку *о бежавшей рабе* и полтинник; священник и стали служить Иоанну Воинственнику, так оно после и шло.

– Плох, значит, священник.

– Чем? чем? чем? так, по-твоему, плох этот священник? – вмешался неожиданно кроткий отец Бенефисов.

– Тем, отец Захария, плох он, что дела своего не знает, – отвечал Бенефисову с отменною развязностью Ахилла. – *О бежавшем рабе* нешто Иоанну Воинственнику петь подобает?

– Да, да! А кому же, по-твоему? Кому же? Кому?

– Кому? Ведь, слава тебе господи, сколько, я думаю, лет эта таблица перед вами у ктитора на стене наклеена; а я ведь по печатному читать разумею и знаю, кому за что молебен петь.

– Да!

– Ну и только! Федору Тирону, если вам угодно слышать, вот кому.

– Ложно осуждаешь: Иоанну Воинственнику они праведно служили.

– Не конфузьте себя, отец Захария.

– Я тебе говорю: правильно.

– А я вам говорю: понапрасну себя не конфузьте.

– Да что ты тут со мной споришь! Ишь! ишь!.. спорщик какой!

– Нет, это что вы со мной спорите! Я вас ведь, если захочу, сейчас могу оконфузить.

– Ну, оконфузь.

– Ей-богу, оконфужу!

– Ну, оконфузь!

– Ей-богу, ведь оконфужу, не просите лучше, потому я эту ктиторскую таблицу наизусть знаю.

– Да ты не разговаривай, а оконфузь, оконфузь! – смеясь и радуясь, частил Захария Бенефисов, глядя то на дьякона, то на чинно хранящего молчание отца Туберозова.

– Оконфузить? извольте, – решил Ахилла и сейчас же, закинув далеко за локоть широкий рукав, загнул правою рукой большой палец левой руки, как будто собирался его отломить, и начал: – Вот первое: об исцелении отрясовичной болезни – преподобному Марою.

– Преподобному Марою, – повторил за ним,

соглашаясь, отец Бенефисов.

– От огрызной болезни – великомученику Артемию, – вычитывал Ахилла, заломив тем же способом второй палец.

– Артемию, – повторил Бенефисов.

– О разрешении неплодства – Роману Чудотворцу; если возненавидит муж жену свою – мученикам Гурию, Самону и Авиве; об отогнании бесов – преподобному Нифонту; от избавления от блудныя страсти – преподобному Мартемьяну...

– И преподобному Моисею Угрину, – тихо вставил до сих пор только в такт покачивавший своею головкой Бенефисов.

Дьякон, уже загнувший все пять пальцев левой руки, секунду подумал, глядя в глаза отцу Захарии, и затем, разжав левую руку, чтобы загибать ею пальцы правой, произнес:

– Да, можно тоже и Моисею Угрину.

– Ну, теперь продолжай.

– От винного запойства – мученику Вонифатию...

– И Мовсею Мурину.

– Что-с?

– Вонифатию и *Мовсею Мурину,* – повторил отец Захария.

– Точно, – подтвердил дьякон.

– Продолжай.

– О сохранении от злого очарования – священномученику Киприяну...

– И святой Устинии.

– Да позвольте же, наконец, отец Захария!

– Да нечего мне тебе позволять, русским словом ясно напечатано: *«и святой Устинии».*

– Ну, хорошо! ну, и святой Устинии, а об обретении украденных вещей и бежавших рабов (дьякон начал с этого места подчеркивать свои слова) *Федору Тирону, его же память празднуем семнадцатого февраля.*

Но только что Ахилла вострубил свое последнее слово, как Захария, тою же своею тихою и бесстрастною речью, продолжал чтение таблички словами:

– И Иоанну Воинственнику, его же память празднуем десятого июля.

Ахилла похлопал глазами и проговорил:

– Точно, теперь вспомнил: есть и Иоанну Воинственнику.

– Так о чем же это вы, сударь, отец дьякон, изволили спорить? – спросил, протягивая на прощанье свою ручку Ахилле, Николай Афонасьевич.

– Ну, вот поди же ты, говори со мной! Дубликаты позабыл, вот из чего спорил, – отвечал дьякон.

1868

Дополнение

Очерк второй
К главе VI

И вот Марфа Андревна принималась за дело основательней: она брала с собою ключницу и прежде всего запирала один конец коридора. Здесь, у запертой двери, Марфа Андревна оставляла ключницу, вооружив ее голиком на длинной палке, а сама зажигала у лампады медный фонарик и обходила дом с другого конца. Всполох был страшнейший! Марфа Андревна, идучи с своим фонарем, изо всех углов зал, гостиных и наугольных поднимала тучи людей и гнала их перед собою неспешно. Она знала то, чего никто из гонимых не знал, она знала, что впереди всех их ожидает ловушка – запертый конец коридора, из которого им ни в бок, ни в сторону вынырнуть некуда. Испуганная челядь действительно так и попадалась в дефилеи коридора, и здесь-то, в этом узком конце длинного прохода, освещаемого одним медным фонариком, происходила сцена, которую, по правде сказать, Марфа Андревна как будто даже несколько и любила.

По мере того как она загоняла все большую и большую толпу народа, ею самою овладевала кипучая, веселая заботность; она смотрела вокруг и около, и потихоньку улыбалась, и, вогнав, наконец, в коридор всю ватагу, весело кричала стоявшей по тот бок у запертой двери ключнице: «Держи их, Васена! держи!»

И вслед за этим Марфа Андревна с детским азартом начинала щелкать кого попало по головам своей палочкой.

Тесно скученная толпа мужчин и женщин, все растрепанные и переконфуженные, бились и теснились здесь, как жеребята, загнанные на выбор в тесную карду. Каждому из застигнутых хотелось протолкаться вперед, попасть ближе к двери, спрятаться вниз и скрыть свое лицо от барыни. Марфа Андревна наказывала свою крепостную челядь своею дворянской рукою, видя перед собой лишь одни голые ноги, спины да затылки. Во время ее экзекуции она только слыхала нередко писк, визг, восклик: «Ой, шею, шею!», или женский голос визжал: «Ой, да кто здесь щекочется!» Но имен обыкновенно ни одного толпою не произносилось. Имена виновных открывались особенным способом, тешившим Марфу Андревну. Для этого Марфа Андревна приказывала ключнице отпирать дверь и пропускать через нее по одному человеку, объявляя при этом вслух имя каждого, кто покажется. По этому приказу замкнутая дверь коридора слегка приотворялась, и Марфа Андревна и ключница одновременно поднимали над головами – одна фонарик, другая – просто горящую свечку. Западня была открыта, и птиц начинали выпускать. Ключница давала протискиваться одному и, вглядываясь ему в лицо, возглашала:

– Первый Ванька Индюк!

Марфа Андревна отвечала ей:

– Пропусти!

Лакей Ванька Индюк проскользал в дверь и исчезал в темном пространстве. Ключница пропускала другого и возглашала:

– Ткач Есафей!

– Пропусти! Экой дурак, и он туда же: ноги колесом, а грехи с ума не идут.

Опять пропуск.

– Иван Пешка.

– Пусти его.

– Егор Кажиён!..

Ключница переменяла тон и взвизгивала:

– Ах ты боже мой, да что ж это такое?

– Ну!.. Чего ты там закомонничала?

– Да как же, сударыня: один сверху идет, а двое снизу крадком пролезают.

– Не пускай никого, никого понизу не пускай.

– Да, матушка, за ноги щипятся!

– Эй вы! не сметь за ноги щипаться! – командует Марфа Андревна, и опять начинается пропуск.

– Аннушка Круглая.

– Хороша голубка! Что тот год, что этот, все одно на уме!.. Пусти ее!

– Малашка Софронова!

– Ишь ты! Сказать надо это отцу, чтоб мокрой крапивой посек. Пусти.

Долго идет эта перекличка и немало возбуждает всеобщего хохота, и, наконец, кучка заметно редеет. Марфа Андревна становится еще деятельнее и спрашивает:

– Ну, это кто последние, что сами не идут? Вы!.. Верно, старики есть?

– Есть-с, – отвечает ключница.

– Ну ступай, ступай, нечего тут гнуться!

Одна фигура сгибается, норовит проскользнуть мимо ключницы, но та ее прижимает дверью.

– Акулина-прянишница, – отвечает ключница.

– А, Акулина Степановна! А тебе б, мать Акулина Степановна, кажется, пора уж и на горох воробьев пугать становиться, – замечает Марфа Андревна. – Да и с кем же это ты, дорогая, заблудилася?

Раздавался поголовный сдержанный смех.

Марфу Андревну это смешило, и она во что бы то ни стало решалась обнаружить тайну прянишницы Акулины.

– Сейчас сознаваться, кто? – приставала она, грозно постукивая палочкой. – Акулина! слышишь, сейчас говори!

– Матушка... да как же я могу на себя выговорить, – раздавался голос Акулины.

– Ну ты, Семен Козырь!.. Это ты?

– Я-с, матушка Марфа Андревна, – отвечал из темного уголка массивный седой лакей Семен Козырь.

– Тоже хорошо! Когда уж это грех-то над тобою сжалится да покинет?

Козырь молчит.

– Ну, ты зато никогда не лжешь, – говори, кто старушку увел, да не лги гляди!

– Нет, матушка, не лгу.

И Семен Козырь сам старается весь закрыться ладонями.

– Говори! – повелевает Марфа Андревна.

– Они с Васькой Волчком пришли.

– С Васькой Волчком!.. Эй, где ты?.. Васька Волчок!

Кучка вдруг раздвигается, и кто-то, схватив Ваську сзади за локти и упершись ему в спину головою, быстро выдвигает его перед светлые очи Марфы Андревны.

Васька Волчок идет, подпихиваемый сзади, а глаза его закрыты, и голова качается на плечах во все стороны...

– Так вот он какой, Васька Волчок!

– Он-с, он, – сычит, выставляясь из-за локтей Васьки, молодая веселая морда с черными курчавыми волосами.

– А ты кто такой? – спрашивает морду Марфа Андревна.

– Тараска-шорник.

– Так почему знаешь, что это он?

– Так как когда на той неделе... когда Акулина Степановна господские пряники пекли...

– Ну!

– Так они Тараске ложку меду господского давали: «посласти, говорит, Тараска, язык».

– Да?

– Только-с и всего, посластись, – говорят они, и мне тоже ложку меду давали, но я говорю: «Зачем, говорю, я буду, Акулина Степановна, господский, говорю, мед есть? Я, говорю, на это, говорю, никогда не согласен».

– Врешь! – вдруг быстро очнувшись, вскрикнул на это Волчок Васька.

– Ей-богу, Марфа Андревна, – начал божиться,

покинув Ваську, Тараска; но Васька живыми и ясными доводами сейчас же уличил Тараску, что он не один ел господский мед, что Акулина-прянишница прежде дала ложку меду ему, Ваське, а потом Тараске и притом еще Тараске пол-ложки прибавила да сказала: ешь пирог с грибами, а язык держи за зубами, – никому, что области́лся, не сказывай.

Тараске просто и отвечать нечего было против этих улик, потому что ко всему этому еще и сама прянишница заговорила:

– Точно, матушка, точно я, подлая, две ложки с половиной украла.

– Ну, так стряси ему теперь, Васька, за это хороший вихор, чтобы он господского меду не ел.

Васька взял Тараску за вихор и начал тихонько поколыхивать.

– Хорошенько тряси, – руководила Марфа Андревна.

Васька лукавил и хоть начал размахивать рукою пошибче, а все водил руку в ту строну, куда вертел голову Тараска.

– Ну, переменитесь-ка: Васька не умеет, вижу, возьми-ка теперь ты его, Тараска, поболтай за его вину.

Взял теперь Ваську за хохол Тараска, взял и держит, не знай отплатить ему дружбой за мягкую таску, не знай отработать его как следует. Эх, поусердствую! – неравно заметит госпожа это, за службу примат... Подумал, подумал этак Тараска и, почувствовав под рукою, что ожидавший от товарища льготы Васька гнет голову в левую сторону, Тараска вдруг круто поворотил его направо и заиграл. Бедный Васька даже взвизгнул, наклонился весь наперед и водил перед собою руками, точно в жмурки играл.

«Экая злющая тварь этот Тараска!» – думала, глядя на них Марфа Андревна, и кричала:

– Стой! стой! стой!

Тараска остановился и выпустил Ваську. Васька был красен как рак, глаза его бегали, грудь высоко вздымалась, он тяжело дышал, и рука его за каждым дыханием порывалась к Тараске. Как только их отсюда выпустят, так и сомневаться невозможно, что у них непременно произойдет большое побоище.

Чтобы предотвратить это и закончить все дело миром, Марфа Андревна говорит:

– Ну, теперь бери же ты, Васька, Тараску и ты, Тараска, Ваську да на взаем один другого поучите.

Васька не ждал повторения приказания: в ту же секунду обе руки его были в волосах Тараски, а Тараскины в волосах Васьки, и оба парня начинали «репу садить». Они так трепали друг друга, что непонятным образом головы их с руками находились внизу у пола, а босые пятки взлетали чуть не под самый потолок. Крики: «стой! довольно! пусти!» ничего не помогали. Ребят разнимали насильно, разводили их врозь, взбрызгивали водой, заставляли друг другу поклониться в ноги, друг друга перекрестить и поцеловаться и потом отпускали.

Порядок водворялся снова в коридоре, и Марфа Андревна опять принималась за разбор и как раз начинала опять с того самого пункта, на котором дело остановилось.

– Стыдно, мать Акулина Степановна, стыдно, стыдно! – говорила она прянишнице.

– Матушка, враг... – отвечала Акулина.

– Да, враг! Нечего на врага: нет, видно, наша коровка хоть и старенька, да бычка любит. Пусти, Василиса, вон ее, бычиху.

Мучения Акулины-прянишницы прекращались, и она исчезала.

– Семен Козырь! – возглашала ключница.

– Ну, да я уж видела!.. А? да, Семен Козырь!.. Другим бы пример подавать, а он сам как козел в горох сигает! Хорошо!.. Обернись-ка ко мне, Семен Козырь.

– Матушка, Марфа Андревна, облегчите, питательница, – не могу.

– Отчего не можешь?

– Очень устыжаюсь, матушка, – плачевно барабанит старый челядинец.

– Сколько годков-то тебе, Семен Козырь?

– Пятьдесят четыре, матушка, – отвечает, держа в пригоршнях лицо, седой Козырь.

– Сходи же завтра к отцу Алексею.

– Слушаю, матушка.

– И скажи ему от меня, что я велю ему на тебя хорошую епитимью наложить.

– Слушаю, питательница, рано схожу.

– А теперь поткай его, ключница, голиком в морду.

– Поткала, сударыня, – возвещала ключница, действительно поткав Козыря, как велено, в морду, и Козырь зато уже, как человек пожилой, не подвергался более никакому наказанию, тогда как с другими начиналась на долгое, долгое время оригинальная расправа.

Кончался пропуск; вылетали из западни последние птицы, и Марфа Андревна уходила к себе нисколько не расстроенная и даже веселая. Мнение, что эти охоты ее веселили, было не совсем неосновательно, – они развлекали ее, и она после такой охоты целый час еще, сидя в постели, беседовала с ключницей: как шел Кожиён, как сгорел со стыда Семен Козырь и как Малашка, пройдя, сказала: «Ну дак что ж что отцу! а зачем замуж не отдают?»

– Сквернавка, – замечала, не сердясь, Марфа Андревна.

Но совсем другое дело было, если попадались женатые. Это, положим, случалось довольно редко, но если случалось, то уж тогда наказанье не ограничивалось одним тканьем в морду. Тогда Марфа Андревна не шутила: виновный из лакеев смещался в пастухи и даже специально в свинопасы и, кроме того, посылался на покаяние к отцу Алексею; холостым же и незамужним покаянные епитимьи Марфа Андревна в сане властительницы налагала сама по своему собственному усмотрению. Для исполнения этих епитимий каждый вечер, как только Марфа Андревна садилась перед туалетом отдавать повару приказание к завтрашнему столу, а за ее спиною за креслом становилась с гребнем ее покоевая девушка и начинала чесать ей в это время голову «по-ночному», в комнату тихо являлось несколько пар лакеев и девушек. Все они входили и с некоторым сдерживаемым смехом и с смущением: в руках у каждого, кто входил, было по небольшому мешочку, насыпанному колючей гречей или горохом. Мешочки эти каждый из вошедших клал всяк для себя перед образником, устанавливался, морщась, на горохе или на гречке и, стоя на этих мешках, ждал на коленях боярынинова слова. А Марфа Андревна иной раз либо заговорится с поваром, либо просто задумается и молчит, а епитемийники все ждут да ждут на коленях, пока она вспомнит про них, оглянется и скажет: «А я про вас и забыла, – ну, зато нынче всего по сту кладите!» Только что выговорит Марфа Андревна это слово, челядь и начинает класть земные поклоны, а ключница стоит да считает, чтобы верно положили сколько велено.

Это иногда заканчивалось чьими-нибудь слезами, иногда же два ударившиеся лоб об лоб лакея заключали свое покаяние смехом, которому, к крайней своей досаде, поневоле приставала иногда и сама Марфа Андревна.

Марфа Андревна вообще, несмотря на всю свою серьезность, иногда не прочь была посмеяться, да иногда, впрочем, у нее при ее рекогносцировках и вправду было над чем посмеяться. Так, например, раз в числе вспугнутых ею челядинцев один приподнялся бежать, но, запутавшись в суконной дорожке, какими были выстланы переходы комнат, споткнулся, зацепился за кресла и полетел. Марфа Андревна тотчас же наступила на него своим босовичком и потребовала огня.

– Как тебя зовут? – спросила она лежащего у нее под ногами челядинца.

Тот в ответ ни полслова.

– Говори; я прощу, – сказала Марфа Андревна; а тот снова молчит и опять ни полслова.

– Что же ты, шутишь или смеешься? Смотрите, кто это? – приказала Марфа Андревна сопровождавшим ее женщинам.

Те посмотрели и говорят:

– Это холоп Ванька Жорнов.

– Вставай, Ванька Жорнов.

Не встает.

– Умер он, что ли?

– Где там, матушка, умер? Притворяется, а сам как

смехом не пырскнет.

– Ну! потолки его палочкой!

Потолкли Ваньку Жорнова палочкой, а он все лежит, словно не его все это и касается.

– Ну, так подай мне сюда ведро воды, – приказывает заинтересованная этим характером Марфа Андревна.

– Матушка, напрас но только пол намочим в горнице: он уж этакой... его прошилый год русалки на кулиге щекотали, – он и щекоту не боится.

– Подавай воды! Ничего, подавай, мы посмотрим, – сказала Марфа Андревна и уселась на кресло, а Ванька лежит.

Подали воды прямо со двора и шарахнули ею на Ваньку Жорнова; но и тут Ванька и вправду даже не вздрогнул.

«Вот это парень так парень! – думает чтущая сильные характеры Марфа Андревна. – Чем бы его еще испытать?»

– А ну-ка, тронь его теперь хорошенько иглою.

И иголкой Ваньку Жорнова тронули; а он все не встает.

– Ну, так подайте же мне мой спирт с образника, – приказала Марфа Андревна.

Подали спирт; Марфа Андревна сама наклонилась и приложила бутылочку к носу Ваньки Жорнова, и только что ее отомкнула, как Ванька Жорнов вскочил, чихнул, запрыгал туда, сюда, направо, налево, кубарем, – свалил на пол саму Марфу Андревну и в несколько прыжков исчез сам в лакейской.

– Да какой это такой у вас Ванька Жорнов? – спрашивала после того Марфа Андревна, укладываясь в самом веселом расположении в свою постель.

– Холоп, сударыня-матушка.

– Холоп! да мало ли у меня холопей! Покажите мне его завтра, что он за ферт такой?

И вот назавтра привели перед очи Марфы Андревны Ваньку Жорнова.

– Это мы тебя вчера ночью били? – спросила Ваньку боярыня.

– Никак нет, матушка, – отвечал Ванька Жорнов.

– А покажи левую ладонь. Ага! где же это ты укололся?

– Чулок, матушка, вез, да спичкой поколол.

– А подите посмотрите в его сундуке, нет ли там у него мокрой рубахи?

Посланные пошли, возвратились и доложили, что в сундуке у Ваньки Жорнова есть мокрая рубаха.

– Где ж это ты измок, сердечный?

– Пот меня, государыня матушка, со страшного сна облил, – отвечал Ванька Жорнов.

– Молодец ты, брат, врать! молодец! – похвалила его Марфа Андревна, – и врешь смело и терпеть горазд. Марфа в Новегороде сотником бы тебя нарядила, а сбежишь к Пугачу, он тебя есаулом сделает; а от меня вот пока получи полтину за терпенье. Люблю, кто речист порой, а еще больше люблю, кто молчать мастер.

Терпенье и мужество Марфа Андревна очень уважала и сама явила вскоре пример терпеливости в случае более серьезном, чем тот, в каком отличился перед ней лакей Ванька Жорнов. Вскоре-таки после этого происшествия с Ванькой Жорновым, по поводу которого Марфа Андревна вспомнила о Пугаче, вспомнил некто вроде Пугача и о Марфе Андревне.

Also available from JiaHu Books:

Записки из подполья — Ф. Достоевский — 9781784350472

Бедные люди — Ф. Достоевский — 9781784350895

Повести и рассказы — Ф. Достоевский — 9781784350901

Двойник — Ф. Достоевский — 9781784350932

Вечера на хуторе близ Диканьки - Николай Гоголь - 9781784351755

Рудин — И. С. Тургенев — 9781784350222

Записки охотника - И. С. Тургенев — 9781784350390

Нахлебник - И. С. Тургенев — 9781784350246

Отцы и дети — И. С. Тургенев - 978178435123

Ася — И. С. Тургенев — 9781784350079

Первая любовь — И. С. Тургенев — 9781784350086

Вешние воды — И. С. Тургенев — 9781784350253

Накануне — И. С. Тургенев — 9781784350512

Мать — Максим Горький — 9781909669628

Человек-амфибия — А. Беляев - 9781784350369

Рассказ о семи повешенных и другие повести — Л. Н. Андреев — 9781909669659

Соборяне — Н. С. Лесков - 9781784351939

Очарованный странник — Н. С. Лесков — 9781909669727

Некуда — Н. С. Лесков -9781909669673

Мы - Евгений Замятин- 9781909669758

Уездное, На куличках, Островитяне – Е. Замятин — 9781784352043

Санин — М. П. Арцыбашев — 9781909669949

Двенадцать стульев — Ильф и Петров - 9781784350239

Золотой теленок — Ильф и Петров - 9781784350468

Мастер и Маргарита — М.А. Булгаков - 9781909669895

Горе от ума — А. С. Грибоедов - 9781784350376

Рассказы для детей - Д. Хармс - 9781784350529

Как закалялась сталь - Николай Островский - 9781784351946

Левша — Николай Лесков — 9781784351953

Тяжелые сны — Федор Сологуб — 9781784351977

www.ingramcontent.com/pod-product-compliance
Lightning Source LLC
Chambersburg PA
CBHW021123130626
46554CB00002B/842